Philippe Mediavilla

Retour de lame

Du Noir au Sud
est une collection des Éditions Cairn
dirigée par Sylvie Marquez et G. D. Noguès

Du Noir au Sud est une collection de polars qui nous transporte dans le Sud, ses villes, ses villages, à la découverte des habitants, de leurs traditions, leurs secrets.
Son ambition : dessiner, au fil des ouvrages, un portrait d'ensemble de la région, noirci à coups de plumes tantôt historiques, ou humanistes, parfois teintées d'humour, mais où crimes et intrigues ont toujours le rôle principal.

Illustration de la couverture : © Djebel
Photos : © 123RF, Albert Giacomazzi

Les éditions Cairn bénéficient du soutien de la DRAC
et de la Nouvelle Région Aquitaine
ISBN : 978-2-35068-647-9/ISSN : 2275-2331

Philippe Mediavilla

Retour de lame

cairn
éditions

Aux gens qui aiment la force sauvage de l'océan
Aux humanistes épris de justice

I

Des tonnes d'eau s'abattent sur moi. Tout est noir. Je nage pour remonter vers la surface mais une deuxième vague casse avant que je n'y parvienne et me replonge dans ce cauchemar, puis j'entends le fracas d'une troisième vague et je me dis : c'est fini...
Jason Polakow, Big Wave Rider, décembre 2009, spot de Jaws, Hawaii.

Pas de fenêtre, pas une lueur, pas une odeur. Cela fait des heures que je suis là, debout. J'ai marché dans tous les sens et n'ai rencontré aucun obstacle, aucun mur. L'obscurité n'est pas totale. Je dirais qu'il s'agit d'un noir-brouillard. J'ai tendu l'oreille, rien, pas un bruit. Mes pieds nus ne détectent ni un sol dur ni une température. Comme une sensation de marcher sur l'eau sans faire d'éclaboussures. J'appelle. Ma voix me surprend. Elle est faible et chevrotante. J'appelle encore en criant cette fois. Je saute les bras tendus cherchant une limite en hauteur. Rien toujours rien. Une forte angoisse m'étreint, mon cœur bat bien trop vite, mon souffle est trop court. Tout cela est impossible. J'ai le sentiment de ne plus exister. Comment le pourrais-je sans contact, sans limite, sans environnement, sans vision, sans espace défini ? Quelqu'un me pose une main sur le bras et je sursaute. « Monsieur ? Monsieur ? Veuillez relever votre tablette s'il vous plaît, nous allons bientôt atterrir. »

2

Les vagues ne se mesurent pas en pieds et en pouces, elles se mesurent en termes de peur.
Buzzy Trent, Surfeur de Grandes Vagues

Comme souvent le soir, Sonia a pris sa voiture, un vieux Renault Espace pour aller prendre l'air à la digue de Tarnos. Lieu privilégié des solitaires des fins de journée, la fraîcheur du vent et la beauté des vagues qu'on y trouve constituent une échappatoire contemplative pour les esprits chagrinés comme le sien.

Pintxo, son jeune labrit, est à ses pieds et Sonia marche sur le promenoir de la digue, en lisant de temps à autre les mots d'un poème peint dans une écriture scolaire par un certain Nico tout le long du mur, « marcheur d'après sieste ou flâneur du soleil couchant… ». Elle a lu cette prose maintes et maintes fois, elle pourrait presque la réciter par cœur et cela lui rappelle les balades des dimanches après-midi avec Marco et ses filles.

Il n'y a quasiment personne en cette fin de journée et elle est seule à marcher en direction du bout de la digue. Un kilomètre durant lequel elle ressasse ses discussions avec Marco. Un kilomètre pour tenter de trouver une solution. Un kilomètre pour arriver face à l'océan et ne trouver ni paix intérieure ni réponse. Un kilomètre au bout duquel elle fait demi-tour pour rentrer et se confronter à nouveau à une réalité qui l'étouffe de plus en plus.

« Et puis merde. Cela a assez duré. Cela devient un éternel recommencement », pense-t-elle. Son espoir de voir la situation s'arranger s'est transformé en défaitisme. Le Barrel a fermé le temps de sa balade sur la digue et elle ne peut même pas y commander un thé comme à son habitude, histoire de retarder son retour au foyer. De toute façon, ses filles sont seules à la maison, elle doit rentrer au plus vite.

En regagnant son Renault Espace, elle aperçoit un homme en train de changer la roue de sa voiture. Elle reprend le cours de ses pensées et monte dans son véhicule. Alors qu'elle manœuvre pour faire demi-tour, le type se dirige vers elle. Sonia n'a pas envie de venir en aide à qui que ce soit, c'est plutôt elle qui a besoin d'aide en ce moment. Elle est venue chercher un peu de paix et il faut qu'elle tombe sur un emmerdeur à la roue crevée. Elle s'apprête à répondre une banalité du type « excusez-moi mais je suis pressée » mais l'homme entre soudain côté passager, la saisit par les cheveux et lui presse la pointe d'un couteau sur la pomme d'Adam. Sonia n'ose même pas regarder le visage de son agresseur qui lui intime l'ordre de démarrer au plus vite. Elle tourne la tête sur la gauche et aperçoit le corps inerte d'un homme, la tête posée sur un bout de trottoir maculé de sang. Tétanisée, elle obéit machinalement et fonce droit devant elle. La pointe de la lame la fait souffrir, mais ce n'est pas cela qui la perturbe le plus. Ce sont toutes ces images de violences qui défilent dans sa tête. Elle vit ça comme une fatalité. À sa respiration, son agresseur paraît serein. Elle, montre des signes d'angoisse voire de panique qui font réagir l'homme.

— Ne t'inquiète pas, je ne te veux pas de mal. Tu vas conduire le temps que je m'éloigne un peu et je te foutrai la paix.

Il a une voix posée, plutôt grave. Pour augmenter ses chances de s'en sortir, elle s'astreint à regarder droit devant et à ne surtout pas croiser son regard. Toujours aussi calmement, il lui indique la direction à suivre et ils arrivent maintenant au carrefour de la cité des Forges, où habite Sonia. « Si près de chez moi et incapable de prévenir Marco, pense-t-elle. » Il lui demande de prendre à gauche, vers la zone industrielle. La route est quasiment déserte. L'activité est bien plus intense en journée, notamment à cause des camions qui entrent et sortent de la zone. Le chien grogne depuis le départ, il sent l'inquiétude de sa maîtresse et aboie de temps à autre. À chacun de ses aboiements, Sonia perçoit une crispation de son agresseur qui appuie un peu plus fort la pointe du couteau. Le chien se met alors à paniquer, il menace, aboie et fait crisser ses griffes sur la vitre latérale, juste derrière l'homme. Celui-ci dans un mouvement rapide, saisit l'animal par son collier, ouvre sa portière et le balance sur la route. Sonia pousse alors un cri strident et écrase la pédale de frein. Le type, qui n'avait pas mis sa ceinture, est projeté sur le tableau de bord. Elle en profite pour sortir de la voiture, court en rebroussant chemin et hurle le nom de son chien. L'homme la rattrape, elle se débat, il la gifle, elle tombe, se relève, se met à nouveau à courir sur le bord de la route, il la rejoint rapidement, la saisit par un bras, la retourne face à lui et pour la faire taire, enfonce sa lame juste sous les cotes. Il sent d'abord la peau résister puis la lame de son poignard s'enfoncer sans résistance. Il se raidit, éprouve un profond dégoût pendant que Sonia la bouche grande ouverte et les yeux écarquillés, s'affaisse sans un bruit. L'homme l'accompagne lentement en plaçant une main dans son dos, jusqu'à ce qu'elle soit couchée dans l'herbe. Il a senti le râle de Sonia près de son oreille. Tournant la tête pour ne pas voir son corps, ne pas croiser à nouveau le regard terrorisé de cette femme, il retire lentement sa lame et regagne le Renault Espace. Il entend derrière lui, le bruit inquiétant d'une toux grasse suivie de faibles gémissements. Il monte dans le véhicule sans se retourner et démarre.

Sonia sent le feu dans ses poumons et le goût ferreux du sang dans sa gorge à chaque respiration, mais la blessure elle-même ne lui provoque étrangement aucune douleur particulière. Elle perçoit simplement qu'elle est profonde et que son sang chaud et visqueux, coule entre ses doigts, imbibe son tee-shirt. Elle tente de se relever mais ses bras, ses jambes se dérobent, une douleur interne et vive apparaît, comme une déchirure qui menace de s'agrandir. Lentement et avec précaution, elle rampe vers la chaussée, dans l'herbe sale et humide du bas-côté. Sur les coudes, la tête relevée, ses yeux fixant le bord de la route, elle avance lentement dans l'espoir qu'un véhicule l'aperçoive. Chaque mouvement, chaque progression est une souffrance. Elle ne veut pas rester dans la pénombre, sur le bord de la route comme un animal crevé. Les phares d'une voiture approchent et pivotant sur le dos dans une grimace, une main sur la blessure, elle lève un bras et prononce tout bas le nom de Marco.

3

Les vagues ne se lèvent pas s'il n'y a pas de vent.
Proverbe chinois.

Pour l'instant, Marco attend son pote à l'aéroport de Biarritz. Il a saisi l'opportunité de l'absence d'Agnès pour le récupérer et l'emmener dans l'un de ces restaurants qu'ils ont l'habitude de fréquenter au cœur du Petit-Bayonne. Depuis plusieurs années, Laurent et lui sont devenus inséparables et c'est tant mieux pour l'un comme pour l'autre. Ça leur permet de prendre un peu de recul sur leurs vies respectives. Notamment leurs vies de couple.

La vie de Laurent avec Agnès est difficile à classer dans une catégorie sans prendre le risque de les qualifier de sex-friends. Depuis leur rencontre, ils vivent séparément, lui à Bayonne, elle à Biarritz et ils passent quelques soirées ensemble quand leurs activités le leur permettent. Agnès est très attachée à sa liberté et cela commence à peser lourd pour Laurent. L'idée de vivre ensemble ne lui paraît pas saugrenue mais il semble que cela soit la limite à ne pas franchir pour Agnès. Lui est pour une fusion entre Bayonne et Biarritz, mais elle n'y voit pas d'intérêt.

Marco, de son côté, a du mal à se contenter de sa vie de famille avec Sonia. Elle, aspire à une vie posée, organisée, anticipant sur leur avenir avec leurs deux filles, alors que lui pense avec ses seules tripes et sa colère, devant les injustices et les inégalités qui se renforcent, abandonnant tout espoir d'un avenir meilleur. Des projets pour elle, le chaos pour lui.

Sonia a essayé à maintes reprises de le convaincre de prendre du recul sans vouloir l'empêcher d'agir pour ce qui le passionne, mais en vain. Il n'entend pas, il fonce. Les paroles de ses dernières chansons, écrites pour le groupe de rock qui se maintient plutôt bien dans la région, sont à l'image de la colère qui bout en lui.

Laurent est pour Marco le seul qui, malgré ce qui les différencie, lui réserve son amitié sans rien demander en retour, sans jamais le juger. Cet homme s'est avéré être la personne de confiance vers qui il sait pouvoir aller dès que le besoin s'en fait sentir. Un syndicaliste, comme on dit presque vulgairement. Comme s'il s'agissait d'un métier voire d'un métier peu avouable. Marco a appris qu'il ne s'agit pas de ça. Ce sont avant tout des militants qui donnent tout. Leur temps, leur combativité, leur patience. Souvent ils sacrifient leurs carrières professionnelles. C'est le cas de Laurent Barneix. Le genre de type qui ne lâche rien. Un gars d'une humanité et d'une fraternité sans limite ni calcul, qui a été présent tout le temps de son coma et aussi après, sans jamais pénétrer dans son intimité, sans jamais déranger.

Il va lui proposer d'aller Chez Patxi, au bord de la Nive à Bayonne. Ils y ont souvent dégusté une « chuleta » pour deux, accompagnée de sa salade et d'un bon « Rioja Reserva ». En « cap à cap », comme on dit ici, ils ont pris l'habitude d'échanger sur l'actualité, les enjeux politiques du moment, les luttes sociales. Rarement d'accord, l'un et l'autre aiment confronter leurs idées, quitte à se provoquer mutuellement et à utiliser l'autodérision. Marco ne pensait pas pouvoir un jour échanger de la sorte avec un syndicaliste, mais avec la mauvaise foi qui le caractérise, il trouve dans l'ouverture d'esprit de Laurent l'exception qui confirme la règle.

Le seul reproche qu'il peut lui faire, c'est de sortir avec une flic.

4

Ne rien faire est une chose. Ne rien pouvoir faire en est une autre.
Alessandro Baricco – *Océan Mer.*

Son téléphone se met à vibrer. Elle s'éloigne du bruit des engins qui, malgré la nuit, continuent à déblayer les décombres.

— Patron ?

— Bonsoir Agnès, je ne sais pas si vous aviez l'intention de passer votre week-end dans les bras du syndicaliste, mais oubliez !

— Pff ! Je suis encore dans cette entreprise de Bayonne où l'explosion a eu lieu. J'essaie de comprendre ce que l'employeur nous cache. Tu parles d'un week-end !

— Ça peut attendre !

— Je ne crois pas patron. Il y a eu deux morts ! Et le proc veut le dossier complet ce week-end car lundi matin il fait le point avec le sous-préfet.

— Le proc et le sous-préfet, je m'en charge. Vous me rejoignez immédiatement à Tarnos, plage de la Digue. Vous voyez où c'est ?

— Très bien, mais ce n'est pas notre secteur.

— C'est justement le proc qui m'a donné l'affaire. Les gendarmes des Landes font la gueule, mais bon, je m'en débrouille. Vous arrivez vite fait avant qu'ils s'en aillent.

— Je me dépêche patron, c'est quoi ? J'appelle nos équipes ?

— Du lourd, Agnès, du lourd. La police technique et scientifique est déjà sur place, je m'en suis chargé. Alors grouillez-vous !

« Cet homme ne saura jamais être agréable avec ses collègues », pense Agnès.

Après avoir raccroché, elle s'accorde quelques secondes pour souffler, pour se préparer mentalement. Elle s'adosse à un des murs qui tiennent encore debout et repense aux propos de Duclos. « C'est du lourd » cela veut dire qu'il y a au moins un homicide et qu'elle doit s'attendre à une enquête difficile sur plusieurs aspects. Elle peut donc déjà s'y préparer mentalement, mais c'est autre chose qui la chagrine. Laurent rentre ce soir d'un séjour à l'étranger et elle pensait au moins pouvoir le rejoindre dans la nuit. Cela s'annonce mal.

Sur le parking de la Digue, à Tarnos, les gyrophares du SAMU et des pompiers se mêlent à ceux des véhicules de la gendarmerie. Les flashs bleus et rouges se reflètent sur l'asphalte qu'une légère pluie a rendu brillant. Le bruit de l'océan est perceptible. Le fracas des vagues derrière l'immense digue et le vent iodé indiquent qu'il est bien là, tout près, impressionnant de puissance invisible.

Son supérieur répond à la presse, un peu à l'écart de la scène. Il aperçoit Agnès et quitte les journalistes pour la rejoindre.

— Vous en avez mis du temps ! Vous bûchiez le code du Travail ?

— Attention patron, vous devenez lourd !

— D'accord, j'explique la situation. On a ici, une victime décédée. Benoît Sartano. Une chance, il avait ses papiers sur lui. J'ai demandé qu'on vous attende avant d'enlever le corps. Vous allez pouvoir jeter un œil, c'est surprenant !

— C'est-à-dire ? questionne Agnès en mettant ses gants de latex.

— Vous verrez par vous-même, une histoire d'outils compliquée à expliquer. Bref, on a le nom et l'adresse du propriétaire de la voiture sur le cric là-bas. Apparemment, je dis bien apparemment parce que j'ai appris à mesurer mes propos avec vous, il serait l'auteur du crime. Jean-François Labat, domicilié à Ondres, auto-entrepreneur, Jeff Gliss. Il est venu surfer ici et sa combinaison mouillée est dans un bac près de sa voiture.

— On a cherché dans le secteur ?

— Oui, ici pas d'autre corps que celui-ci. La police technique et scientifique est au boulot. C'est la serveuse du bar Le Barrel, situé juste ici au début de la digue, qui nous a prévenus. La victime venait de le quitter. Elle l'a trouvé après la fin de son service quand elle est revenue chercher des effets personnels oubliés. Vous n'avez pas l'air dans votre assiette Agnès, un souci ?

— Non patron, tout va bien. C'est probablement le décalage entre mes quelques jours de repos et ce week-end plutôt chargé... Bref, ça va le faire, ne vous inquiétez pas !

— J'espère, parce que ce n'est pas tout !

Le commissaire est très attentif à ce que son équipe soit totalement disponible dès les débuts d'une enquête. Le moindre faux départ peut s'avérer catastrophique par la suite. Fort heureusement, il a le nez fin pour détecter le moindre problème chez l'un de ses subordonnés. Lui, par contre, ne montre jamais aucune faiblesse. Il doit en avoir comme tout le monde, mais il s'efforce d'être toujours d'humeur égale. À la fois sympathique et ronchon, intransigeant et plaisantin, intelligent et machiste. Un mélange de défauts et de qualités qui génèrent une ambiguïté assez désagréable pour ses interlocuteurs.

— Une femme a été agressée et laissée entre la vie et la mort non loin de là, sur le bord de la route, au cœur de la zone industrielle. Ils l'ont emmenée en urgence à l'hôpital de Bayonne. Plaie vive sous le sternum, elle perdait beaucoup de sang.

— Son identité ?

— J'attends confirmation mais... Le procureur a contacté le juge d'instruction. On cherche un lien éventuel entre les deux crimes.

— Alors, c'est qui ?

— Duclos passe une main derrière sa tête et se frotte la nuque, signe d'un malaise.

— Patron ? Je la connais ?

— Oui

— Et ?

— Il s'agit de Sonia Etchesahar. Mais attention Agnès ! Pas un mot, pas de réaction excessive, en bref, pas de conneries ! C'est clair ?

Agnès est sous le choc. Elle a tourné la tête pour ne pas montrer son émotion. En une fraction de seconde elle se ressaisit et, pour se concentrer à nouveau sur l'affaire, se redresse et fait à nouveau face à son patron.

— Je conçois que cela puisse vous choquer et j'ai besoin de savoir si vous serez en capacité de suivre cette affaire.

— Oui patron, pas de problème, affirme Agnès son regard plongé dans celui de Duclos.

— Si le proc, qui a consulté son collègue de Dax, nous refile le bébé, c'est justement parce que Sonia Etchesahar, qui réside à Boucau, donc sur notre secteur d'intervention, est une des victimes, qui plus est, connue de nos services pour une affaire antérieure. Le tout au grand dam de la gendarmerie, cela va de soi…

— Vous avez prévenu la famille ?

— Je vous attendais en pensant que vous voudriez vous en charger.

— OK. Que dit la serveuse ? demande Agnès pour évacuer le choc.

« Sonia, pas elle… Non, pas Sonia… Ne rien laisser paraître… »

Cette annonce la replonge dans des souvenirs étranges, une affaire où s'étaient entremêlés la passion pour son métier, son amour naissant pour Laurent et l'horreur de la violence. Sonia et Marco, son époux, étaient au cœur de l'enquête. C'est comme ça qu'elles se sont rencontrées, qu'elle a immédiatement ressenti beaucoup d'empathie pour elle. Une femme tiraillée et courageuse. Une femme discrète, contrairement à son mari qu'Agnès devra surveiller de près dès qu'il aura eu l'information. Une amie, tout simplement.

Mais pour l'instant, elle doit agir pas à pas, très professionnellement. Rien ne doit l'écarter de son travail. Elle le sait, les premières constatations sont d'une grande importance pour la suite. Elle ne peut se laisser distraire de son travail et doit rester professionnelle coûte que coûte.

— Les gendarmes l'ont interrogée mais c'est à vous de prendre le relais maintenant. Moi, je suis attendu pour un dîner avec le sous-préfet dont j'ai déjà raté l'entrée et probablement le plat principal. J'ai fait boucler le périmètre comme vous le voyez et commencé à répondre aux journalistes avec le proc. Bref la routine. Vous me suivez cette affaire et je vous fais confiance, pas un mot à propos du couple Etchesahar. Ni le proc, ni le préfet, ni moi ne voulons avoir la presse sur le dos pour l'instant. Des questions ? demande Duclos.

— Quelqu'un est allé chez ce Labat ?

— Oui, j'ai envoyé une équipe chez lui. Ils vous feront un rapport dans la soirée et j'ai aussi lancé un avis de recherche.

— Un lien avec « l'affaire antérieure » comme vous dites ?

— Trop tôt pour le dire. Allez, je file, on m'attend. Je vais rater le fromage et le dessert. Demain dans mon bureau à 8 h 30.

— Avec le proc ?

— Comment ça avec le proc ?

— Vous dînez aussi avec le proc, c'est ça ?

— Oui, pourquoi ?

— Pour rien.

— Bon, allez Agnès, au boulot !

Agnès comprend mieux pourquoi le procureur a aussi vite donné l'affaire à la PJ de Bayonne. Plutôt moche tout ça.

En se dirigeant vers le corps, elle croise le photographe de la police technique et scientifique, la « PTS », qui lâche un « Putain, y a des malades, j'te jure ! »

Le corps de la victime est allongé sur le ventre, le nez planté dans l'angle d'un trottoir et baignant dans le sang. L'homme est vêtu d'un jogging et d'un sweat dont la capuche enveloppe incidemment une clé noire en métal, fichée dans sa nuque. Les bras longent le corps comme s'il s'était mis au garde-à-vous en tombant. Une jambe légèrement repliée, donne le sentiment que la victime a pris soin avant de mourir d'éviter de déborder sur la bande blanche de l'emplacement de parking.

— Vaut mieux qu'il soit mort ! crie le légiste comme si Agnès était loin de lui, avant de préciser, de toute manière il aurait été tétraplégique ! Peut-être même qu'il n'aurait même pas pu bouger la tête, vu l'état des cervicales. Une longue vie de merde, quoi !

« Ce boulot nous atteint gravement », pense Agnès

— À part ça. Qu'est-ce qui l'a tué ?

— Je ne suis pas certain. Je dirais que la clé qui est enfoncée dans sa nuque a bien avancé le travail et que le choc de sa tête sur le trottoir l'a terminé. Mais de toute manière, comme je l'ai dit, il aurait été…

— Tétraplégique, oui, j'ai compris. Mais de votre point de vue, comment cette clé est-elle arrivée là, pile dans les cervicales ?

— Il faudra que je regarde plus précisément au labo. Mais si c'est voulu, c'est du boulot de connaisseur. En plein dans la moelle allongée qu'on appelait autrefois le bulbe rachidien. La moelle allongée régule des fonctions vitales comme le rythme cardiaque, la respiration et la pression artérielle. Des fonctions assez essentielles quoi. D'ailleurs, il a dû mettre un peu de temps à basculer de l'autre côté. Je dirais entre cinq et dix minutes, ce qui ne représente pas grand-chose sur toute une vie humaine mais qui peut s'avérer très long quand on sent qu'on va y passer et qu'on ne peut rien y faire. Vous voyez le genre de situation ? termine le médecin, en tournant son index près de sa tempe comme on le fait pour inviter à réfléchir.

— Oui… en effet, répond Agnès qui n'arrive pas à se faire à ses propos morbides.

— De toute manière, personne n'aurait pu le sauver et il…

— Bien, coupe Agnès, j'attends vos conclusions.

— Je sens que la nuit va être courte.

— À qui le dites-vous !

Elle entre dans le Renault Trafic de la police. Une jeune femme, moins de la trentaine, attend, le visage dans les mains, accoudée à la petite table qui sert d'habitude à dresser les contraventions. En l'abordant, Agnès découvre un très joli visage à la peau fine et halée qui met en évidence de beaux yeux bleus soulignés de noir. Sa chevelure abondante et blonde est attachée très serré dans une sorte de coiffure montante, mi chignon mi palmier. La capitaine s'arrête quelques secondes devant cette beauté et tente d'imaginer un court instant ce visage, les cheveux détachés tombant sur des épaules qu'elle imagine tendres et douces. L'image de Laurent mettant un terme rapide au trouble que lui provoque cette vision, elle se ressaisit, se présente et invite son interlocutrice à répondre à ses questions.

— Vous êtes la deuxième personne qui m'interroge.

— Je comprends madame, mais je suis chargée de cette enquête pour la Police Judiciaire et il faut que j'éclaircisse quelques points rapidement. Vous savez, celui qui a fait ça est en cavale en ce moment même et nous le recherchons. Pour savoir qui il est, où il est et comprendre les raisons de tels actes, il me faut tous les détails.

— J'ai tout dit à vos collègues, je ne vois pas quoi ajouter.

Agnès se saisit du procès-verbal qu'elle parcourt rapidement puis se replonge volontiers dans le bleu profond des yeux de son interlocutrice.

— Vous avez dit qu'il a proféré des menaces, pourquoi ?

— J'en sais rien. Comme ça. Il est arrivé et a dit qu'il n'allait pas... enfin qu'il allait revenir, bref, je ne me rappelle plus.

— Faites un effort s'il vous plaît, quels ont été ses mots ?

— Je ne sais plus.

— Bien ! Vous avez également déclaré qu'il n'y avait personne dans le bar quand il est venu, à part vous et votre client victime de l'agression. Vous en êtes sûre ? Personne avec qui il aurait pu se battre sur le parking ou sur la plage, des propos vifs échangés, vous voyez ?

— Non, absolument pas.

— Vous ne voyez pas ?

— Non, je suis certaine qu'il n'y avait personne d'autre.

La jeune femme est catégorique, beaucoup moins hésitante. Agnès a assez d'expérience pour détecter un malaise au travers des signes du visage. Chez cette femme, les regards fuyants par mouvements brefs des yeux, feignant l'inquiétude et l'agacement, trahissent un malaise.

— Vous savez, quand on va lancer un appel à témoins, des personnes vont se présenter et nous dire ce qu'elles ont vu et entendu. Alors essayez de nous donner le maximum de détails, sinon, on pourrait croire que vous nous avez caché des choses et cela ferait de vous une complice.

Cette menace à peine voilée fait souvent son effet.

— Une complice ? Mais je n'ai rien à voir avec tout ça moi.

— Vous n'avez rien à voir avec quoi ?

— Heu... Avec l'assassinat de Ben…

— Un assassinat ? Qu'est-ce qui vous fait penser à un assassinat ?

— Je ne sais pas… Ça ne peut pas être un accident quand même. En plus, vu les menaces du type…

— Mais enfin de quelles menaces parlez-vous ?

— Ben c'est des histoires de surfeurs, des embrouilles entre eux.

Agnès fait une moue interrogative.

— Des gars qui surfent ici, ils défendent le spot, normal quoi. Des mecs viennent leur piquer les vagues, ils ne sont plus chez eux sinon, reprend la jolie blonde.

— Piquer des vagues ? Je ne comprends pas bien. De quoi s'agit-il ?

— Ben, du « localisme ». Vous n'avez pas vu tous les tags autour de vous, sur les murs, les panneaux ?

— Non, en pleine nuit j'ai du mal à voir les inscriptions sur les murs.

— Y'a écrit « go home », rentrez chez vous quoi. C'est même inscrit sur les panneaux de circulation. Vous voyez maintenant ? C'est ce qu'on appelle le « localisme » parce que les surfeurs locaux défendent leurs spots.

— Et votre ami, je veux dire la victime, faisait partie de ces « locaux », c'est ça ?

— Je ne peux pas vous le dire…

— Vous ne savez pas ou vous ne pouvez pas ?

— Je ne peux pas.

— Je crois que vous allez m'accompagner jusqu'au commissariat Marine Ringaud.

— Maurine…

— Oui, excusez-moi. Je vous mets en garde à vue car vous allez devoir tout nous expliquer en détail.

— Je pourrai appeler mes parents ?

— Oui et vous verrez votre avocat ou celui qu'on vous commettra d'office.

L'équipe de la police technique et scientifique s'affaire encore autour du corps de la victime, recherchant tous les indices. Dans leurs combinaisons blanches, ils naviguent entre les petits plots marqués de chiffres, disposés ici et là dans le parking, indiquant un objet, une trace de roue, tout ce qui pourrait avoir un rapport avec le crime.

Dans cette nuit, sur fond d'épais nuages menaçants qui viennent de l'océan, cette scène paraît sortir tout droit d'un film de science-fiction.

Un de ces plots repère une roue de voiture, posée à même le parking. L'officier qui coordonne l'équipe s'approche d'Agnès, attiré par l'intérêt qu'elle porte à cet indice.

— Crevée !

— Pardon ? dit Agnès, surprise.

— La roue, elle est crevée. Il semble que le type ait voulu changer sa roue mais n'a pas eu le temps de mettre la galette.

— La galette ?

— Oui, c'est le nom qui est donné à cette petite roue, cerclée de jaune qui fait office de roue de secours, répond le policier en montrant l'objet. Mais ça n'existe plus que sur les anciens modèles.

— Je vois… D'autres indices ?

— Oui, la clé qui est dans la nuque du gars là-bas, c'est celle qui va avec ce cric. L'officier pointe du doigt l'objet placé sous la voiture.

— C'est donc en changeant sa roue, que notre suspect a utilisé la clé pour l'enfoncer dans le cou de la victime. Ça n'a rien d'un accident.

— Exact ! Et la roue crevée présente une entaille conséquente sur le flanc du pneu, comme un coup de couteau, en tout cas un objet tranchant. Cela paraît être volontaire également.

— L'objet tranchant, vous l'avez ?

— C'est peut-être l'Opinel qu'on a trouvé dans la poche de la victime. Faut l'analyser. Et puis on a des empreintes partout. Sur la roue, sur la carrosserie, sur le cric… On va comparer tout ça au labo.

— Merci, faites vite.

— Comme d'habitude ! répond son collègue en reprenant le refrain de la chanson de Claude François.

Au moment où elle regagne sa voiture, un agent du service l'informe par téléphone qu'il est à Ondres devant l'appartement de Jean-François Labat avec un collègue et qu'ils n'y ont trouvé personne. La porte de l'appartement est ouverte et ils attendent les consignes. Agnès lui répond d'attendre sur place qu'un de ses équipiers arrive. Aussitôt elle appelle Beñat, le seul collègue en qui elle a toute confiance.

Ce n'est pas parce qu'il y a des femmes dans la police, même gradées, que ce milieu professionnel n'est pas macho. Agnès a beau faire ses preuves, elle n'est pas considérée professionnellement comme un homme peut l'être. Elle a même l'impression que plus elle fait ses preuves, plus certains de ses collègues masculins montrent une forme d'animosité, ce qui du coup ne lui laisse pas de droit à l'erreur. Elle ose à peine imaginer le regard des hommes si elle se plante sur une enquête, ce qui, au regard des probabilités, devrait arriver un jour ou l'autre. Cela lui met une pression supplémentaire qui justement peut la conduire à la faute. Mais Beñat n'est pas de ceux-là. Il connaît bien Agnès et les deux se complètent. Il sait l'arrêter quand elle s'approche un peu trop des limites légales qui leurs sont imposées pour les enquêtes. Mais il sait aussi l'aider, la couvrir vis-à-vis de sa hiérarchie quand il le juge nécessaire et ça, c'est une véritable preuve de confiance, voire d'amitié.

— Bonsoir Beñat, j'ai besoin que tu me rendes un service.

— Si c'est pour tout de suite, ça va être compliqué Agnès. J'attends la serveuse du « Barrel » que tu m'envoies d'ailleurs... Et on est aussi sur les identifications.

— OK. Tu fais patienter la serveuse. Faut la laisser gamberger un peu. Les identifications devraient aller vite, on a presque tous les éléments. Tu mets Hirigoyen sur le coup. J'ai besoin que tu te rendes à Ondres, chez Jean-François Labat, notre suspect. Une patrouille t'attend sur place.

J'informe le « proc » que tu vas procéder à une perquisition en flagrant délit.

— Pff! Tu devrais y aller toi-même non?

— Je dois tenter de comprendre ce qui s'est passé pour Sonia qui a été agressée elle aussi.

— Sonia Etchesahar?

— Oui, LA Sonia. Comment tu as deviné?

— Toi et moi, je crois qu'on ne connaît pas d'autre Sonia.

— OK, mais motus pour l'instant, ordre du patron. Toi tu regardes chez ce Labat s'il a un lien éventuel avec elle. Et puis tu es mon homme de confiance, je sais que rien ne va t'échapper.

— Bon... C'est parti pour Ondres alors. À tout à l'heure.

Agnès roule vers la zone industrielle, prend la RD85 et arrive près d'une entreprise qui fabrique des quantités importantes de parpaings, dont les stocks sont alignés le long de la clôture. C'est ici que ça se passe. Ses collègues sont encore là, analysant la scène sous l'éclairage de projecteurs sur batteries. En sortant de la voiture, Agnès est frappée par l'odeur forte de gaz ou de pétrole. L'architecture des bâtiments, les odeurs, le fait qu'il n'y ait pas âme qui vive ici la nuit, ne laisse aucun doute, elle est bien au cœur d'une zone industrielle froide et impressionnante. Quelques fumées s'échappent ici et là, laissant supposer une présence humaine derrière des hangars gris et austères.

Une voiture de police et un fourgon de la PTS sont sur place. La scène de crime empiète sur la voie et des cônes de signalisations obligent à faire un détour. Deux agents font la circulation. Les prélèvements et les photos ont été effectués par les agents de la PTS qui remballent le matériel et s'apprêtent à partir. Agnès demande quelques infos.

— La victime a été transférée d'urgence à l'hôpital, répond un des officiers. Son diagnostic vital est engagé car elle a une entaille profonde dans le ventre. Il semble qu'il ne s'agit pas d'un accident de la route donc on penche pour un homicide. Elle a perdu beaucoup de sang. C'est une femme qui roulait en voiture en direction de Bayonne qui a vu le corps et nous a appelés. Elle est allée faire sa déposition au commissariat.

— L'identité de la victime ?

— Voir le patron. Elle n'avait aucun papier sur elle mais lui avait l'air de la connaître. Personnellement, je ne vois pas de qui il s'agit.

— OK.

Agnès s'est assurée que cette identité reste inconnue pour l'instant.

— Il y a des traces d'un freinage en urgence, reprend l'officier. Et aussi un chien, quasiment mort, comme s'il avait été percuté par une voiture, mais il était plus loin en remontant, donc bizarre.

— Oui, bizarre… Il me faudra les analyses de ces traces. On se retrouve à la PJ. Moi je vois comment joindre la famille…

5

Qu'est-ce que l'absence ? Une eau calme, limpide, un miroir mouvant.
André Breton – *La Révolution surréaliste.*

Cette espèce de cauchemar me poursuit. Je ne pensais pas le revivre à nouveau dans l'avion. Les voyageurs semblent pressés de rentrer chez eux. Comme d'habitude ils se lèvent tous de leurs sièges en même temps et se serrent les uns contre les autres dans l'allée centrale, comme si cela allait accélérer l'ouverture de la porte de l'A320.

Moi, je reste assis. J'attends patiemment que la cabine se dégage pour récupérer ma veste et mon petit sac de voyage. De toute manière, personne ne m'attend. Agnès m'a prévenu qu'elle avait beaucoup de boulot avec cette entreprise qui a explosé et provoqué la mort de deux ouvriers. Chaque mort d'un salarié au travail provoque chez moi un haut-le-cœur doublé d'un sentiment d'injustice et de colère. Pourquoi des gens perdent-ils leur vie en la gagnant? Je trouve que cela se banalise. Comme si on revenait dans le passé. Les anciens disaient « c'est les risques du métier » ou alors quand quelqu'un se blessait « c'est le métier qui rentre ». Quand on s'en remet ainsi à la fatalité, pour moi c'est renoncer, voire se rendre coupable de non-assistance à personne en danger.

Et que dire de la situation là-bas, bouleversante, je ne peux l'ôter de mon esprit. C'est moins les menaces qui ont pesé sur moi que ce que j'ai vu là-bas qui m'a choqué. Le décalage horaire et le stress du voyage ont fait le reste. Je suis sur le point de craquer.

Chacun a déjà reconnecté son téléphone, je suis le mouvement dans l'espoir d'y trouver un message d'Agnès m'informant qu'elle a finalement pu venir me chercher à l'aéroport, mais c'est peine perdue, je la connais, elle n'est pas avec moi, elle est à fond sur son enquête. J'aurai peut-être des nouvelles dans la soirée et encore!

Quitte à ne pas pouvoir fermer l'œil cette nuit, je ferai bien de me mettre au travail et de commencer mon compte rendu à la commission des activités internationales de la confédération. Habituellement, j'aime faire ce travail. J'aime me replonger dans ces moments passés avec d'autres militants dans le monde et parler de ce que ces échanges nous apportent. Mais là c'est différent. Ce que j'ai vu, ce que vivent ces gens est innommable. C'est un mélange de violence et de précarité savamment entretenu. Quand on m'a proposé de militer à l'international, j'ai rapidement accepté en pensant y découvrir un nouveau champ d'intervention riche de rencontres, d'échanges et d'apports de connaissances sur le monde. C'était ce qu'il manquait quand je militais dans la région de Bayonne, en particulier avec les salariés du commerce du textile très présent sur la Côte basque et le sud des Landes. Je ne suis pas naïf, loin de la cruelle réalité du monde. Je sais ce qui se passe dans ce que les chefs d'industries appellent « les pays à bas coût ». Mais le vivre aux côtés de ceux qui en souffrent, mettre les mains dans le cambouis c'est autre chose. Je me sens si proche de ces femmes et de ces hommes que l'on maltraite. Et puis, il faut revenir sans minimiser les problèmes que l'on rencontre ici, cela ne rendrait pas service aux salariés du monde.

Inconsciemment, je regarde ces personnes qui m'entourent et je perçois leurs visages, leurs regards comme autant de richesses de l'humanité. Elles se parlent peu ou pas, c'est le mal de nos pays riches, c'est le mal du siècle.

J'étais déjà sur les rotules quand je suis arrivé au Zia international Airport de Dhaka, au Bangladesh, et ma fatigue s'est accumulée. Heureusement, Rafi Akhtar, un militant syndical du textile du Bangladesh s'est occupé de moi tout au long de mon séjour. Il m'a accompagné partout, il maîtrisait quelques mots de français, ce qui m'a sérieusement facilité la vie.

Du haut de l'escalator, j'aperçois mon pote Marco, un grand sourire aux lèvres. C'est un sacré mec celui-là! Ce n'est pas un camarade mais un vrai copain. Je suis vraiment heureux de le voir. Sur les nerfs mais heureux. On s'embrasse, on se passe les mains dans le dos. On a besoin l'un de l'autre. On s'est découvert ce besoin au fil du temps.

Bien entendu, il est allé commander une bière au « Belhara », le bar de l'aéroport, du nom d'une vague mythique du Pays basque, le temps que je récupère mon bagage.

Devant notre mousse, on parle de tout et de rien, on se marre, on s'inquiète de la tournure que prend le monde, on connaît nos désaccords et on s'en amuse.

Je lui dis : « avoir une discussion politique avec toi qui ne vote pas, c'est un peu comme parler du salon de l'érotisme avec l'évêque de Bayonne ». Il me répond : « ça n'empêche pas d'imaginer… »

J'aime ce type, il est entier, sans artifice, direct et franc. Parfois il me déstabilise, tellement il a l'air à côté de ses pompes, souvent dans l'excès. Il le reconnaît lui-même. Bon… je lui ai quand même conseillé de faire un peu attention parce que ça lui a déjà coûté cher et qu'il pourrait devenir carrément parano à force de voir le mal partout. Mais à son tour, il ne manque pas de me rappeler à l'ordre quand je dérive un peu trop vers le consensus ou l'institutionnel et que j'oublie l'essentiel, le combat. Ce putain de combat qu'on a tous les deux chevillé au corps.

Dans un silence, et il en faut entre amis, je pose mon regard sur l'écran de télévision du bistrot. Un expert quasi permanent sur BFMTV, à croire qu'ils sont rares au point de faire appel toujours aux mêmes, semble développer une théorie sur l'économie des entreprises comme en témoigne le gros bandeau sur fond bleu qui titre : « Coût du travail :

comment le réduire ? » Cela me fait doucement sourire car pas besoin du son pour savoir ce qui est dit. C'est toujours la même litanie depuis des décennies. À quand un sous-titre sur le coût des actionnaires ? Mais ce qui m'intrigue, c'est ce que j'ai vu passer sous ce bandeau entre les résultats du foot et la météo dans les grandes villes de France. Il y est annoncé « Homicide à Tarnos : un mort et une blessée grave ». J'invite Marco à regarder et nous restons bouche bée devant l'écran comme d'autres personnes sur place qui s'interrogent du regard. Je ressens le besoin immédiat de quitter les lieux pour me rapprocher de Bayonne. J'hésite à appeler Agnès. Soit elle bosse sur le dossier de l'explosion, soit elle a été appelée sur cet homicide. Dans les deux cas, vaut mieux pas la déranger. Je vois dans le regard de Marco qu'il a la même idée et qu'il compte sur moi pour glaner des infos. Je lui propose de prendre la bagnole et d'écouter la radio. En moins de cinq minutes, nous voilà tous les deux dans la caisse à chercher les différentes stations de Radio France quand on tombe sur ça :

« Règlement de comptes entre surfeurs à Tarnos, un homme a été tué. Nous joignons sur place notre correspondant, Philippe Irridiart. »

Marco monte le son.

« C'est vers 19 heures ce soir que la serveuse du bar « Le Barrel », qui donne sur la plage de la digue à Tarnos, a donné l'alerte après avoir découvert le cadavre d'un de ses clients sur le parking. Il s'agit d'un homme de 42 ans, habitué de ce spot de surf, qui a été frappé à la nuque par une clé de cric de voiture. Un suspect est activement recherché par la police qui annonce avoir une piste. Le drame a eu lieu à la tombée de la nuit. La serveuse du Barrel est actuellement entendue par la police selon laquelle il pourrait s'agir d'un règlement de compte entre surfeurs. Une femme dont l'identité reste inconnue a été blessée non loin de là, dans la zone industrielle. Elle est aux urgences et son diagnostic vital est engagé. Rien ne prouve encore que les deux victimes ont un lien, mais ce spot de surf est connu pour le « localisme », pratique qui consiste à n'accepter que les surfeurs locaux. Les insultes, les rixes voire les roues de voitures crevées sont monnaie courante pour qui ose venir pratiquer ici sans y être invité. Mais c'est la première fois qu'un homicide y est perpétré.

En direct de la plage de la digue à Tarnos, Philippe Irradiart, France Bleu Pays basque pour France Inter »

Marco coupe le son. Je vois ses pupilles se dilater, j'ai senti sa respiration accélérer, quelque chose le fait paniquer. Je l'ai déjà dit, il vire parano. Il me regarde fixement et d'un ton grave, me demande d'appeler Agnès. Je tente en hochant la tête de lui signifier que ce n'est pas forcément une bonne idée, qu'on en saura plus par les médias dans un moment. Mais je sens chez lui une telle détermination qu'il faut que je fasse gaffe aux mots que j'emploie. Je ne vais certainement pas lui dire de se calmer, cela aurait l'effet contraire ! Je tente de savoir où est son problème, si problème il y a. Car avec Marco, faut s'attendre à tout type de réaction. Un type entier, je te dis !

Il démarre sa vieille Twingo et dit « on y va ! ». Je crains le pire et j'ai raison. Il veut se rendre sur place. J'y crois pas. J'aurais nettement préféré bouffer une Txuleta, tranquille Chez Patxi. Il m'épuise mais je le suis. C'est mon pote.

6

Les vagues sont peu de choses au regard de l'Océan.
Claude Lelouch – *Itinéraire d'un enfant gâté.*

Au volant du Renault Espace, Jeff revoit les yeux de cette femme, sa bouche restée ouverte de surprise. Et ce chien, ce sale chien aux aboiements insupportables, le crissement agaçant de ses griffes sur les vitres. Il croit l'entendre encore un court instant et se retourne par réflexe, manquant de partir dans un fossé

Les cris de cette femme et son hystérie lorsqu'il a chopé le clébard lui reviennent. « Pour un chien ! » pense-t-il. Ce cri… il ne l'a pas supporté. C'est plus fort que lui, ça provoque dans sa tête des flashs incontrôlables, des pulsions de violence. Si elle n'avait pas crié de la sorte, peut-être aurait-elle eu la chance de remonter dans la voiture pour l'accompagner encore quelques kilomètres. C'est à nouveau un accident. Il ne peut se résoudre à penser qu'il a volontairement poignardé cette femme. Tout s'est passé dans un même mouvement. Le poignard, il l'avait déjà dans la main. Ce foutu poignard, trouvé sur une plage à l'occasion d'une session de surf. Certainement perdu par un plongeur et ramené sur la grève par l'océan. L'océan ramène toujours tout.

Il le sait maintenant, cette session de surf était sa dernière. Il veut la graver dans sa mémoire. Jeff se voit tirer à fond sur ses bras, les jambes bien alignées, le dos cambré et la tête relevée, en portant quelques regards en coin pour apprécier la vague qui pousse. Debout sur la planche, parti en *front-side* il a tenté de placer un *roller* mais la lèvre de la vague l'a happé. La chute l'a entraîné dans la machine à laver, un rouleau puissant. Pour une dernière vague, ce n'était pas une réussite.

Il se souvient être rentré au bord à bout de souffle, couché sur sa planche poussée par une fin de vague. Les yeux piqués par le sel au sortir de l'eau, il a eu comme d'habitude un frisson provoqué par le vent frais du printemps. Il adore ça. C'est arrivé à sa voiture, en posant la planche à même le bitume pour se changer, les pieds dans un bac en plastique destiné à recevoir la combinaison dégoulinante, qu'il a vu le pneu crevé par une large entaille sur le côté. Il a tout de suite compris de qui ça venait. C'était la deuxième fois.

Jeff lâche quelques mots de colère et donne un coup-de-poing sur le volant. Il en veut à ces mecs, mais il s'en veut également de n'avoir pas su se maîtriser.

Sa planche rangée par le coffre et poussée jusqu'au tableau de bord, il a eu la mauvaise idée d'aller jusqu'au Barrel passer un message.

Tout en gardant ses distances, il a dit tout haut au Tourteau ce qu'il pense du « localisme », de ces pratiques de lâches, de leurs menaces. Il lui a dit qu'il ne se laisserait pas intimider, qu'il reviendrait surfer à la digue quand ça lui chante et qu'il emmerde tous ces quinquagénaires immatures et si peu courageux. Il a menacé à son tour de ne pas en choper un sur le fait puis s'en est retourné changer sa roue crevée, une boule au ventre, sentant les ricanements du type et de la serveuse du bistrot.

En roulant dans la nuit, Jeff fait défiler le film des derniers évènements et essaie de comprendre quand et pourquoi c'est parti en sucette. Peut-être que la difficulté qu'il a eu à démonter la roue avec un « cric de merde et des outils à la con », ont contribué à le faire monter dans les tours. La clé à pipe fournie dans le kit, courte et mal adaptée pour desserrer des vis, également. Jeff s'est toujours demandé pourquoi ces clés se terminent par un embout plat et pointu qui bousille les mains. « Pour démonter le pneu peut-être ? pense-t-il. Mais plus personne ne fait ça. On porte la roue chez le garagiste et il se démerde. »

Il se souvient avoir vu débaucher la serveuse alors qu'il tentait de caler la roue de secours puis, quelques minutes après, derrière lui, cette voix connue qui lui a dit : « l'important est que tu aies compris le message. Tu as joué, tu as perdu. Pourtant tu connais les règles ducon. »

Cette voix résonne encore en lui, elle l'a surpris. Il l'a prise comme une véritable menace. Jeff réalise qu'il a déclenché quand cet enfoiré de Tourteau a tourné les talons, levé un doigt d'honneur au-dessus de sa tête et lâché « enculé de gom's ».

La clé du cric a tournoyé dans l'air du soir comme un mauvais boomerang qui ne revient pas et s'est fichée, côté pointu, dans la nuque du mec. Plantée de chez plantée. Après avoir titubé quelques secondes, les mains à son cou, le mec a glissé et s'est finalement fracassé le crâne contre une bordure de trottoir du parking.

Jeff s'aperçoit qu'il sourit.

Il est sûr que personne n'a vu la scène, mais il n'en demeure pas moins que le gars pissait le sang dans un caniveau du parking.

Sa bagnole toujours là-bas sur le cric, il n'avait pas le choix.

Tout s'est passé très vite. Cette femme, il pense la connaître, mais d'où? Impossible de s'en souvenir. Son cerveau est incapable de conserver ce type d'information, pas assez de place. Il ne se rappelle même pas du vrai nom de celui qui pisse le sang sur le parking de la digue. Le « Tourteau », c'est facile à retenir, il suffit de regarder le mec. Velu et disproportionné. Pas très épais avec de gros bras équipés de grandes mains. Taillé pour la rame.

Jeff vit quasiment sans mémoire ou plutôt en effaçant tout au fur et à mesure. Il ne garde que l'essentiel, ce qui peut lui être utile pour son travail et pour son quotidien. Avoir de la mémoire, c'est savoir oublier paraît-il. Lui, il force la dose.

Il la trouvait plutôt pas mal physiquement cette femme, en tout cas pour ce qu'il en a vu. Il a senti dans ce contact rapide, un corps ferme et doux à la fois. Quelque chose d'attirant, de chaud, d'apaisant. Planter quelqu'un avec un couteau ce n'est pas son truc. Il a fait ça dans la panique. Manque de maîtrise. Un accident, oui, c'est un accident.

Avec les femmes il n'a jamais vraiment ressenti autre chose qu'une excitation sexuelle brute. Habituellement, il fait comme s'il se passait quelque chose, en respectant les codes conventionnels.

Bien bâti, il ne manque pas de succès dans le milieu du surf. Il lui est arrivé de baiser plusieurs fois dans la journée avec des femmes différentes lors des compétitions de surf sur lesquelles il travaille. Il y a toujours un endroit où s'isoler quelques minutes, un van, une dune, les douches provisoires… De la baise chaude et rapide sous les effets de l'alcool et de la coke, c'est dans les pratiques courantes du monde de la glisse.

Jeff a laissé beaucoup de traces derrière lui. Il a pourtant toujours été discret, seul et peu bavard. Mais là… Un « local » dézingué sur le parking, sa bagnole sur le cric, un chien éclaté, une femme poignardée, ça commence à faire beaucoup. Il va devoir faire marcher sa tête rapidement, même si prendre la bonne décision dans la précipitation ce n'est pas son fort. Lui, il a l'habitude d'obéir à des consignes, pas de prendre des initiatives.

En attendant, il ne sait trop où aller. Sa première idée a été de passer chez lui et il l'a fait malgré les risques. Il a vu sa maison pour la dernière fois. Une maison ancienne qu'il a pu s'acheter grâce à plusieurs missions à l'étranger bien payées. Il a vite rempli un sac de sport de quelques vêtements, prit tous les billets de banque dans un tiroir, 750 euros et quelques pièces dans un pot en céramique, les trois derniers keps de cocaïne dans une jolie boîte en bois, de la bonne. Puis il est reparti sans fermer à clef, à quoi bon.

Jeff roule maintenant sur l'autoroute vers le sud et s'apprête à passer la frontière à Biriatou.

Il a d'abord pensé se fondre dans la foule de San Sebastian mais, à la réflexion, il va se chercher un endroit isolé au bord de l'océan. Cette route, il la connaît bien car il a fait plusieurs *surf-trips* dans le coin jusqu'à Mundaka et au-delà. Il a besoin de se poser quelque part, de faire le point, de réfléchir aux prochaines heures, voire de dormir un peu. La nuit est particulièrement noire et il distingue à peine le paysage.

Il est convaincu que la police a fait le rapprochement, visité sa baraque, lancé des recherches. À la radio, ils ont été assez précis. Il doit faire gaffe. C'est à ce moment de sa réflexion qu'il s'aperçoit qu'il a toujours son portable sur lui quand ce dernier se met à vibrer. « Connerie N° 1 ! » pense-t-il. Tout en gardant un œil sur la route, il voit le nom de Stif s'afficher, hésite et répond.

— Allo…

— Jeff?

— Oui.

— Qu'est-ce que tu fous ? T'es où là ? T'es pas chez toi et on te cherche partout. Les flics fouillent ta bicoque.

— Je suis loin

— Comment ça loin ? T'as vu le bordel ? Dis-moi que tu n'y es pour rien ! On m'a dit que tu surfais à la Digue cet après-midi. Ça pue ! Sartano, c'est toi qui l'as buté ?

— Sartano !

Le nom qu'il cherchait.

— Jeff?

— C'est, c'est un… accident.

— Putain de bordel de merde ! Jeff ! Un accident ! C'est pas ce qu'ils disent.

— Pourtant…

— Et la meuf?

— C'est pas pareil, c'est un accident mais… c'est pas pareil…

— Là t'es pas dans la merde! Je veux dire qu'on est dans la merde!

— Comment ça « on »?

— Abruti! Tu crois quoi? Tu prends les keufs pour des cons? Bon, on va trouver une solution. OK, dis-moi où tu es.

— Non…

— Quoi non? Fais pas le con Jeff, allez, dis-moi où tu es.

— Va te faire foutre! »

Jeff éteint son téléphone, retire la carte sim et s'apprête à la casser puis réfléchit. Dire « va te faire foutre » à Stif c'est ajouter des emmerdes aux emmerdes pense-t-il. Il sait que ce mec ne le lâchera pas. Il vaut certainement mieux accepter son aide que de se braquer contre lui. Même si la perversité légendaire de ce type n'est pas rassurante, il vaut mieux l'avoir avec soi que contre soi, tout en restant vigilant. Jeff ne se demande même pas comment il a pu savoir tout ça en si peu de temps. Ce mec a les sens tout le temps en éveil. Il a aussi un sacré réseau, bien construit pendant ses années de taule. Il le rappelle.

— Stif!

— Jeff putain! Je te maudissais! Alors t'es où?

— Je vais à Mundaka.

— OK. Tu vas m'attendre bien gentiment sur les hauteurs. Tu verras, il y a une espèce d'usine, une conserverie bien isolée au bout d'un chemin. Tu me jettes immédiatement ce téléphone, j'arrive. Et pas de conneries, tu m'attends, c'est tout!

— OK.

Sur la route, Jeff repense à cette femme. Morte, pas morte ? Cette question le taraude depuis qu'il a pris la route. Les images défilent dans sa tête, remplaçant celles d'un paysage absorbé par la nuit.

Ce soir, il essaiera de dormir un peu. C'est son truc à lui. Fuir, s'isoler pour se calmer, se reconstituer. Il est capable de disparaître quelques jours sans donner de nouvelles et réapparaître sans explication.

Son enfance avait pourtant bien démarré. Fils unique d'un ingénieur aéronautique et d'un « nez » pour un grand parfumeur. Il ne manquait de rien sinon de la présence de ses parents. Ils étaient tous deux très accaparés par leur travail. Son père ne parlait que de son métier, des évolutions dans le secteur de la recherche, il était passionné. Sa mère voyageait beaucoup en France et à l'étranger. Elle était très attentive à conserver ses qualités de « nez » qui lui garantissaient un bel avenir dans la conception des parfums. Les quelques dîners en famille ne tournaient qu'autour de leurs journées de travail. Jeff regardait ses parents avec admiration. Il les trouvait beaux, pleins d'enthousiasme et de vie. Ils étaient doux et aimants mais ne lui laissaient pas beaucoup de place. Les dimanches matin, parfois, il parvenait à les avoir tous les deux pour lui dans un câlin du matin. Pour le coucher, c'était plus compliqué, sa mère était souvent absente parce qu'en déplacement.

Puis, autour de ses dix ans, quand son père parlait de travail, il n'avait plus cet enthousiasme mais plutôt une forme d'angoisse. Il parlait beaucoup de son directeur, de ses collègues, des objectifs de l'entreprise. Sa mère voyageait de plus en plus et la famille communiquait de moins en moins. Jusqu'au jour où tout a basculé. Son père a été retrouvé un matin, pendu dans son bureau, sur son lieu de travail. Comme ça, sans prévenir. Perdre son père à dix ans, c'est terrible. Il se sentait si proche de lui. Il était le plus présent de ses parents, le plus attentionné. Ce drame, cette absence, lui offraient alors une opportunité, celle de retrouver sa mère, ses bras, sa chaleur, son amour. Or, si elle a été présente quelques semaines après le drame, son activité professionnelle a repris le dessus avec des absences qui lui ont semblé plus fréquentes et plus longues encore. Souvent livré à lui-même, il lui arrivait de se préparer le dîner, de manger seul puis de se coucher seul. Plusieurs fois, par la suite, il a entendu sa mère rentrer tard dans la nuit, des voix d'homme et des rires. Jeff, lui, pleurait. Plus il se souvenait de son père, plus il détestait sa mère. Un jour, alors qu'il faisait bouillir des pâtes pour la énième fois, le manche de la casserole a cédé et il s'est brulé toute la cuisse droite. Il en porte encore la cicatrice. Une brûlure intense et douloureuse. Son premier réflexe avait été d'appeler sa mère. Sans succès. Il a fait le numéro d'urgence et une ambulance est venue le chercher. Ce n'est que tard dans la soirée que sa mère est venue le voir à l'hôpital. Elle était éméchée et surjouait l'inquiétude et la panique. Tout cela sonnait faux. Le personnel de l'hôpital l'a vu. Ils ont demandé une enquête des services sociaux. Il ne sait pas pourquoi il a noirci le tableau lorsqu'une éducatrice lui a demandé d'expliquer ses relations avec sa mère. Il a forcé le trait sur son goût pour l'alcool, ses absences répétées, ses nombreuses aventures avec les hommes. Il a lui aussi surjoué l'enfant abandonné pour qu'enfin on le remarque et on s'occupe de lui. Toujours est-il qu'au bout de quelques semaines, elle est passée devant un juge des enfants et Jeff a été placé dans un foyer.

Chétif et peu courageux au départ, il n'allait pas à l'affrontement avec ses camarades et trouvait toujours un endroit où s'isoler. Les éducateurs étaient souvent à la peine pour le retrouver mais n'ont jamais pu l'accuser de fugue, puisqu'il restait dans le foyer. Parfois, durant un jour et une nuit, recroquevillé sur lui-même, dans un coin, en silence, sous un escalier ou sous un bureau, il parvenait à s'endormir et à s'accrocher à ses rêves de grands espaces, de vent frais, d'océans apaisés et de longues vagues infinies. Il se voyait sous les cocotiers de ses posters de surf et, sous de grosses couvertures, s'imaginait ressentir la chaleur du soleil sur sa peau. Un regain d'énergie, des instants de bonheur qu'il savait se fabriquer lui-même, puisque personne n'avait jamais voulu les lui apporter. Puis, en grandissant, il a gagné en respect de ses camarades. Plus grand que la moyenne, bien bâti pour son âge, son silence, ses absences, son regard parfois inquiétant généraient plutôt de la crainte dans son entourage, l'isolant un peu plus. Mais il aime toujours à penser qu'il était respecté.

Certaines femmes semblent apprécier ce côté mystérieux qu'il a gardé. Il esquisse un sourire en se revoyant jeter le chien par la portière. Tuer un animal ne lui apporte aucune émotion particulière, ni dégoût ni véritable jouissance, même si par le passé cela a représenté un de ses plaisirs secrets. Seul, dans un coin du parc du foyer, il attirait les chats avec de la nourriture et les assommait d'un coup de bâton avant de les enterrer discrètement derrière un bosquet. Il s'est souvent demandé si les chats étaient tous vraiment morts, s'ils ne revenaient pas à eux une fois sous terre. Cela provoque encore une excitation en lui. Jusqu'à ce soir où il avait aussi tué un homme et une femme. Un accident pour l'homme. Pas tout à fait responsable pour la femme. Le contexte, le stress, les cris mais pas la peur. Sur le moment Jeff n'a pas peur, pas le temps. Pas le temps de réfléchir quand il faut agir vite. C'est lui qui est censé faire peur aux autres, faudrait pas laisser les rôles s'inverser.

Il pense aux voileux qui font les courses en solitaire et qui parviennent à trouver le sommeil malgré le bruit, l'agitation du bateau, le stress de la course, la peur de l'accident. Il pense également au calme auquel s'oblige le surfeur quand il est pris dans un rouleau et secoué dans tous les sens. Le vent doux entre par les vitres entrouvertes, apportant les senteurs de l'océan. Il voit défiler la route dans ses phares et imagine une vague qui se déroule à l'infini. Dans une conduite fluide, il passe les virages, les enchaîne, joue avec le volant comme un enfant puis se ressaisit.

Arrivé à Mundaka, Jeff passe devant la plage, poursuit sur la route principale et bifurque à gauche, à l'endroit où se tient une citerne blanche et verticale. Il se souvient l'avoir déjà vue sans savoir à quoi elle peut bien servir. Peu importe, il est passé par là une fois en visitant le coin et s'est retrouvé sur les hauteurs, loin des tumultes du spot, au calme et isolé. Juste l'endroit que Stif lui a indiqué. Encore quelques lacets jusqu'à proximité d'une conserverie sur un des points culminants de Mundaka. La nuit ne lui permet pas d'admirer le paysage incroyable qu'offre ce point de vue, mais il y a un avantage, peu de monde vient s'aventurer dans cet endroit pas éclairé.

Une fois allongé dans le grand coffre du Renault Espace dont il a replié les sièges arrière, la première idée qui lui vient est qu'il doit se méfier des véritables intentions de Stif.

7

Le Snark ne lèvera pas l'ancre du port d'Honolulu avant que moi aussi, je ne plane à la surface de l'océan tel un Mercure aux pieds ailés et au teint buriné.
Jack London – *Riding the South Seas Surf.*

Stif est nerveux. Tout fonctionnait bien depuis des années. Il craint qu'à cause de cette connerie, tout parte en vrille. Il est nerveux mais déterminé. Il a appris à contrôler ses angoisses et sa peur pour les mettre au service de l'action, pour trouver des solutions. Résoudre les problèmes, c'est sa spécialité depuis longtemps. Cela lui a coûté plusieurs années de taule durant lesquelles il a eu le temps et les moyens d'apprendre à gérer, organiser, contrôler, planifier. C'est qu'en taule, des profs et des éducateurs pour ce genre de chose, il n'en manque pas. Mieux, tout en apprenant, tu te construis un réseau comme tu n'en avais jamais rêvé. À l'issue de son premier séjour au trou vers ses 19 ans, il n'avait pas eu le temps en quelques mois de comprendre cela. Il en est sorti tendu, revanchard, en colère et prêt à recommencer les conneries. Il a fallu qu'il y retourne pour plusieurs années pour comprendre que son séjour pouvait lui devenir utile. Il avait vu dans la prison deux alternatives. Se bourrer de cachetons, se camer, vivre la prison comme une parenthèse et sortir plus mal que quand tu y es entré ou se refaire un CV, bosser correctement, sortir avec des connaissances, un diplôme, un taf et se ranger des vélos. Il a finalement trouvé une troisième voie, celle qui concilie la bonne conduite et le sens des affaires.

Ainsi, bien avant sa sortie, il s'était échafaudé, depuis la centrale, un plan de carrière bien ficelé, sur des bases solides. Il s'est imposé dans le business de la glisse. Un vrai business dont il ne savait rien jusqu'à ce qu'il ne tombe un jour sur ce co-détenu, un pauvre type, cramé par la came mais qui en connaissait un rayon.

8

L'oubli est un gigantesque océan sur lequel navigue un seul navire, qui est la mémoire.
Amélie Nothomb – *Hygiène de l'assassin.*

« Cela fait plus d'une heure qu'elle est partie. J'ai essayé de t'appeler mais tu avais oublié ton portable ici. Maman aussi d'ailleurs. »

Clara, la fille aînée de Marco, du haut de ses dix ans, regarde son père droit dans les yeux. Elle a de qui tenir. Ce n'est qu'après lui avoir expliqué ne pas savoir où se trouve sa mère qu'elle s'est décidée à m'embrasser. Sa sœur Lorea, à peine huit ans, descend de l'étage où se trouvent leurs chambres. Elles étaient toutes les deux devant un dessin animé.

Mon pote n'en mène pas large mais ne veut pas le montrer aux filles. Comme si les gosses ne ressentaient pas les choses ! Je ne suis pas un expert car moi-même je n'en ai pas, mais au regard des gamines, je sens bien que des questions tournent dans leurs têtes et attendent le bon moment pour sortir. Marco fait les cent pas dans sa maison et je ne sais pas quoi faire pour l'aider. Mon cerveau est vraiment trop embrumé.

Toujours sur ses gardes, Marco a développé une forte paranoïa qui selon son psy, provoque chez lui une forme de fragilité.

Il préfère rester souvent seul face à ses angoisses. Je comprends que Sonia ait du mal à supporter son état, elle s'est épuisée à le soutenir durant ces années et aspire à être un peu plus soutenue à son tour. Mais mon pote a du mal à se maîtriser. La moindre contrariété fait jaillir ses colères contenues. Il le regrette souvent et me le confie parfois. Il n'y a finalement qu'avec sa guitare et son groupe de rock qu'il parvient à se défouler.

Marco renvoie ses filles devant leur film.

— J'espère que Sonia sera rentrée pour le coucher des enfants, dit-il la gorge serrée.

Nous n'avons pas pu approcher des lieux. La route d'accès à la digue de Tarnos était barrée par la police et nous n'avons pu obtenir aucune information sur l'identité des victimes. Ni bien entendu, sur la femme qui a été agressée et c'est bien ce qui inquiète Marco.

— Assieds-toi et respire, lui dis-je.

Il s'exécute immédiatement. Il a évolué, ce comportement n'aurait pas été possible il y a quelques années.

— Elle est allée faire un tour comme d'hab. Ne t'inquiète pas elle va rentrer.

Moi aussi je suis angoissé. Je ne pense pas un mot de ce que je lui dis. Il n'est pas dans ses habitudes de laisser les filles à la maison aussi longtemps. Surtout en l'absence de Marco.

— C'est gentil Laurent, mais tu vois bien qu'il y a un problème. Faut qu'on y retourne.

Alors là, ce n'est pas bon signe. Il est en train de prendre un chemin qui ne me plaît pas beaucoup. J'essaie de le faire patienter tout en m'apercevant que c'est peine perdue.

Je le regarde prendre son blouson et hésite entre rester là avec les filles ou l'accompagner. Et merde ! Je l'accompagne car c'est tout près. J'aurai au moins le sentiment de le maîtriser un peu.

Même scenario, la route est toujours bloquée par les flics bien en amont du parking de la digue. J'aperçois quelques gyrophares. Des véhicules de la police quittent les lieux. Marco va aux informations. On lui dit qu'il n'est pas possible de lui en donner. Il insiste, disant que sa femme était probablement à la digue au moment des faits. On lui demande si elle travaille au bar-restaurant de la plage. Il répond que non mais insiste pour aller sur le parking. Un flic lui précise qu'il n'y a pas d'autre personne que la serveuse du Barrel et la victime. Il parle de la femme agressée. Le flic dit ne rien savoir sinon qu'elle a été emmenée d'urgence à l'hôpital. Je plisse les yeux, tentant de distinguer une silhouette sur la digue, on remonte dans la bagnole et demi-tour vers la zone industrielle. Des véhicules de la police quittent les lieux. On ne voit aucune trace, rien. Le moment que je redoutais le plus arrive. Marco se tourne vers moi et me regarde droit dans les yeux.

— Appelle Agnès !

— Tu ne crois pas que s'il était arrivé quelque chose à Sonia elle nous aurait prévenus ?

Il penche la tête sur le côté pour éviter de me demander directement si je le prends pour un con. Je détourne mon regard.

— Appelle Agnès !

Le ton a changé. Il est plus direct. Il ne me laisse pas le choix. C'est ça ou une soirée d'embrouilles. Il va finir par me refiler ses propres angoisses. Et puis merde, je l'appelle.

Après avoir pris de mes nouvelles de manière un peu automatique comme une copine, Agnès me demande si je suis avec Marco. Je réponds oui et s'en suit un silence assez long, durant lequel je tente de masquer ma gêne pour ne pas inquiéter mon pote qui me regarde fixement.

— Sonia est à l'hôpital… finit-elle par dire.

— Elle a été heu… ? J'essaie d'être le plus discret possible pour que Marco ne m'arrache pas le téléphone des mains

— Oui c'est elle, se contente de répondre Agnès toujours aussi synthétique et efficace.

En voyant ma tronche, Marco panique et se met à crier vers le micro du mobile.

— C'est Sonia ? Qu'est-ce qu'elle a ? Comment elle va ?

— Je dois vous laisser, dit calmement Agnès. Je vous rappellerai plus tard.

Je voudrais lui dire merci ! Merci de me laisser tomber. Mais bon…

— Heu… On peut aller la voir ?

— Oui allez-y. Fais gaffe à Marco. Bisous.

« Fais gaffe à Marco. Bisous » ! C'est tout et merci pour la mission.

— Dis-moi où elle est ! s'excite Marco.

C'est parti. Il est en mode guerrier.

— Elle est aux urgences, on y va. Laisse-moi conduire.

À peine ai-je fini ma phrase que Marco a déjà ouvert la portière côté passager me faisant signe de me pousser tout en m'assaillant de questions auxquelles je n'ai aucune réponse. Pour gagner du temps et aussi parce que cela me paraît important même si ce ne sont pas mes gosses, je l'invite à téléphoner à ses beaux-parents pour qu'ils viennent garder les filles.

Au téléphone, il prétexte une douleur au ventre qui l'oblige à emmener Sonia à l'hôpital. Certainement une infection urinaire, précise-t-il.

En route, Agnès rappelle sur mon portable. Marco voit son prénom s'afficher en grand sur l'écran et ne me laisse pas le temps de le saisir.

— Demande à Marco si Sonia avait pris leur Renault Espace ce soir ?

— C'est Marco. Oui, on l'a toujours, pourquoi ? Tu ne l'as pas vu ? Réponds ! Tu ne l'as pas vu ? C'est quoi ce bordel ? Tu vas me donner des explications ou pas ?

Marco est très énervé. Je m'arrête sur le côté et l'invite à rester calme sans effet apparent. Il parle de son Renault Espace qui a disparu, s'insurge contre le fait de n'avoir aucune information précise. Me demande (à moi !) ce qui s'est passé et m'intime l'ordre de reprendre le volant vers l'hôpital tout en s'en prenant à Agnès qui a raccroché. Il vaudrait mieux qu'il s'arrête là concernant Agnès, car je suis moi aussi à fleur de peau et pote ou pas pote, j'ai mes limites.

9

La goutte d'eau séparée de l'océan peut trouver un repos momentané, mais celle qui est dans l'océan ne connaît pas de repos.
Ghandi, lettre à l'Ashram

Jeff a très peu dormi. Moins de deux heures, mais intenses. Juste de quoi se ressourcer. Un sommeil refuge mais un sommeil agité. Peuplé de rêves psychédéliques et morbides à la fois. Des rêves d'habitude contrôlés, maintes fois ressassés mais, cette fois, perturbés par les évènements de la journée et par un irrépressible besoin de partir, bouger, agir.

Agir de manière organisée et déterminée. Voilà le conseil que cette courte nuit a apporté à Jeff. Ne pas subir car cela conduit à faire des erreurs. Réfléchir vite, décider et faire, est la meilleure façon de penser selon lui. Cela évite toute hésitation, toute improvisation, toute confusion.

Un rail de coke en guise de petit-déjeuner et la lumière s'allume dans le cerveau. Tout va très vite. Si Stif n'arrive pas immédiatement, il ne pourra pas attendre. À nouveau pris par un besoin irrépressible d'agir, il fout le feu au Renault Espace et descend rapidement à travers les sentiers, les prés où paissent des vaches. Ses pieds, encore dans leurs tongs, foulent l'herbe humide. Tout en courant, il recherche depuis les hauteurs, une bagnole de surfeur. Parce qu'un surfeur a toujours de quoi bouffer. Un paquet de biscuits, du pain, de quoi caler la dalle qui te prend après une session.

Le jour commence à poindre derrière les montagnes. Quelques nuages rougissent lentement, annonçant une journée de pluie et de vent. Ça roupille dans la communauté, mis à part un surfeur qui « waxe » sa planche avec énergie. Il attend le lever du jour. Certainement un type qui ne s'est pas couché après une fête avec ses potes. Rien n'arrête un surfeur quand les conditions sont bonnes. Un vent léger de sud s'est levé et forme les vagues. La fameuse gauche de Mundaka prend forme devant le petit port. Entre un mètre cinquante et deux mètres. Une jolie série s'annonce. Jeff sent l'appel des vagues mais doit y résister, ne pas oublier son objectif: trouver un véhicule pour partir d'ici au plus vite. Pourtant, il le ressent ce manque. La coke ou le shit, à côté, ce n'est rien. Surfer quand on y a pris goût devient vite une addiction. Certes, au début, il faut insister pour enfin sentir LA sensation. Ce sentiment de liberté, de plaisir du jeu. Cette impression de ne faire qu'un avec l'eau et ce désir que la vague ne s'arrête jamais, qu'elle se déroule ainsi jusqu'à l'infini.

Les pompiers suivis par la Guardia Civil, foncent à toute allure vers l'incendie qu'il a provoqué. Son stratagème fonctionne, c'est le moment du *Take-off*, c'est maintenant qu'il doit agir.

En traversant la route qui mène au parking, il manque de se faire écraser par un pick-up massif. La portière côté passager s'ouvre et le chauffeur lui hurle de monter. Stif est visiblement très en colère.

— Mais c'est quoi ce bordel ? Les flics et les pompiers sont partout et toi, tu traînes là ? Je t'avais dit de m'attendre.

Jeff n'aime pas trop la façon dont il lui gueule dessus. C'est son patron certes, il a l'habitude de le voir piquer des colères mais là, il trouve qu'il va un peu trop loin. Une envie de l'envoyer se faire mettre lui traverse l'esprit. Du coup, il esquisse un sourire qui a le don d'exciter un peu plus son boss.

— Te fous pas de ma gueule ! La caisse, elle est où ?

L'index de Jeff lui montre l'incendie sur la colline qui présente un mélange de lumières rougeoyantes et de flash bleutés des véhicules de secours.

— Ouais, bon. On se casse d'ici.

Dans un silence monacal, les deux hommes roulent sur des routes mal éclairées, lorsque soudain, le pick-up emprunte un sentier chaotique qui s'enfonce dans la forêt et stoppe net. Le chauffeur pointe l'index sur son passager.

— Maintenant, tu vas m'expliquer précisément ce qui s'est passé.

Jeff n'apprécie guère ces manières mais joue le jeu en expliquant point par point le déroulement des dernières heures. Stif n'a pas l'air plus ému que ça et hoche lentement la tête, écoutant attentivement les explications fort détaillées de son interlocuteur.

— Bien ! Reprend-il. Tu as flingué un surfeur de la digue et pas n'importe lequel, le Tourteau, leur chef ! En plus, dans ta situation de paria, c'est clair que ça fait règlement de comptes ! Bon, tu aurais pu invoquer l'accident, une bagarre qui a mal tourné mais il y a aussi la fille. Et ça, c'est pas bon pour nous. C'est le coup de trop. T'es vraiment trop con !

Ce qui dérange Jeff, ce n'est pas de se faire insulter par son patron, il en a l'habitude. Ce qui le perturbe, c'est ce « nous » qu'il emploie systématiquement. Pourtant, il ne lui connaît aucune forme d'empathie ni de solidarité.

— Cette gonzesse, reprend-il, tu la connais ?

Jeff secoue la tête.

— Jamais vu ?

Il hausse les épaules.

— Je t'informe qu'elle n'a pas claqué et qu'elle est aux urgences. Si elle a vu ton visage, elle va baver et là, plus aucun doute. C'est clair ?

— Oui, mais je crois qu'elle ne m'a pas vu, répond timidement Jeff.

— Tu crois… OK, tu crois. On est dans la merde je te dis ! On a que deux choses à faire. Une, on fait taire définitivement la nana que t'as amoché, deux, tu disparais.

— Comment ?

— Quoi comment ? Pour la nana on s'en occupe. Pour toi, faut qu'on discute parce que je suis très embêté Jeff, très très embêté.

— Avec le pognon que tu me dois, tu dois bien pouvoir me payer un billet d'avion pour les Philippines et tu n'entendras plus jamais parler de moi.

— Ouais c'est vrai. C'est une solution. Faudrait que tu partes vite, cette nuit pour bien faire. Avant que les keuf aient lancé un mandat d'arrêt européen. Et crois-moi, ce putain de mandat, c'est un truc qui te colle au cul et qui te lâche jamais !

— On fait ça alors... Avec une rallonge pour que je puisse me retourner sur place.

— Voilà, et tu m'enverras une carte postale !

Ce cynisme ne présage rien de bon et le regard qui l'accompagne est des plus inquiétant. Jeff se souvient. Quelques images montrant le sadisme et la cruauté de son boss lui reviennent. Comme un instinct de survie monte en lui. Il ouvre la portière et s'enfuit dans la forêt. Stif hurle et se met à sa poursuite.

Grâce aux effets la coke, Jeff n'a aucun mal à courir, sauter, éviter les branches. Il voit qu'il n'en est pas de même pour son poursuivant qui s'accroche, râle et lui intime l'ordre de s'arrêter. Anticipant sur un éventuel coup de feu, le fuyard change régulièrement de direction, courbe le dos, baisse la tête et passe derrière les gros arbres. Il fait bien car un tir passe à côté. Ses tongs l'ont vite abandonné, il marche pieds-nus et ressent une espèce de communion avec la nature. Son odeur, son humidité, sa profondeur. Sans hésiter, il se fond dedans, se livre à elle et en fait son monde. Une bulle végétale qui le protège de toute cette violence. Ses pieds s'enfoncent dans la mousse des sous-bois, traversent des ruisseaux, s'abîment contre des bois morts, mais ces petites souffrances ne représentent rien. La fuite est devenue un but. Stif ne compte plus. Notre homme s'est déconnecté du présent, il court, point. Il est concentré sur son souffle, sa respiration. Il ne voit que les ombres noires des pins et ne suit qu'un objectif, s'enfoncer dans ce bois et « disparaître ».

10

Hors de l'eau, je ne suis rien.
Duke Kahanamoku, prophète du surf moderne.

Jamais Stif n'aurait pensé devoir remettre ses mains dans le cambouis. Il s'était bien installé en patron, donnant des ordres, heureux de ne plus avoir à s'occuper de ce genre de tâche, généralement réglées par ses subordonnés. Mais le voilà en train de courir derrière un de ceux en qui il avait le plus confiance. C'est toujours comme ça. Les problèmes arrivent par où tu ne les attends pas. Son flingue à la main, cherchant à travers bois un mouvement, une couleur qui corresponde aux vêtements de celui qu'il poursuit. Son seul objectif est d'arrêter tout ça au plus vite. Il y a trop de risques pour lui, pour sa boîte, pour tout ce qu'il a construit. Jeff est le seul qui ne doit pas partir en vrille. Il pensait avoir la mainmise sur lui. Ce genre d'incident ne paraissait pas possible. Stif ne veut pas retourner en prison à cause d'un connard qui pète les plombs, quitte à revenir à ses anciennes méthodes le temps de régler ce problème.

II

Les promesses d'hommes sont pareilles aux vagues de la mer : elles meurent aussi vite qu'elles naissent.
Gilbert Sinoué.

Après plusieurs heures passées à marcher de long en large dans l'immense hall de l'hôpital de Bayonne, Marco est appelé à l'accueil, on lui indique que Sonia a dû subir une intervention, et qu'elle est désormais aux soins intensifs. Laurent est rentré chez lui, à bout de force mais aussi parce que Marco ressentait le besoin de rester seul.

Arrivé dans le service, il est dirigé vers une chambre dont un policier en faction interdit l'accès. La raison invoquée est celle d'une enquête en cours et de tout un bla-bla qui n'intéresse pas Marco. En insistant sur le fait qu'il est son mari, il obtient du policier d'être accompagné par le chirurgien.

Sonia est méconnaissable. Le médecin lui explique qu'elle est sous morphine en raison des douleurs que peuvent générer ses blessures. Des perfusions, des machines électroniques l'entourent, des tubes entrent dans sa bouche et dans son nez. Le drap qui la recouvre se soulève dans une respiration courte et faible.

— Poumon droit perforé, des contusions sur le corps dit le médecin à voix basse. Nous avons dû l'opérer en urgence, elle est dans un coma léger de niveau 2, dû à la perte de sang et une mauvaise irrigation du cerveau, mais tout devrait rentrer dans l'ordre rapidement.

— Quand sera-t-elle rétablie et aura-t-elle des séquelles ?

— Je ne peux pas être très précis. Elle répond assez bien aux stimuli et nous l'avons mise sous morphine. J'espère qu'elle sortira du coma dans les prochaines heures. Nous procèderons dès sa sortie du coma à des examens neurologiques qui nous diront ce qu'il en est vraiment. Mais il est fort probable que la perforation du poumon laisse des séquelles, certes pas importantes mais inévitables.

Marco apprécie la franchise du chirurgien et ne parvient plus à retenir ses larmes. Il voudrait demander des précisions mais les mots refusent de sortir de sa bouche. Le médecin le prend par le bras et l'invite à sortir dans le couloir.

Marco en profite pour interroger le policier.

— Dites-moi ce qui s'est passé.

— Je ne sais pas monsieur, répond le jeune policier en uniforme qui doit être là depuis des heures, à en juger par sa lassitude.

— Vous devez bien pouvoir me dire quelque chose !

— Non monsieur, désolé. Une enquête est en cours. Mon chef m'a demandé de surveiller cette dame, de ne laisser entrer personne et de ne répondre à aucune question. Précaution inutile, car je ne sais rien de plus que ce que les journalistes ont rapporté.

— Et vous, vous savez quelque chose ? demande Marco en se tournant vers le médecin.

— Moi, je ne connais que son état de santé. Mais allons plus loin, dans un bureau, si vous le voulez bien.

Des infirmières de nuit traversent les couloirs. D'autres discutent dans le petit bureau vitré. Tout est calme et très éclairé d'une lumière blanche si forte, qu'elle irrite les yeux rougis de Marco.

Un tout petit local, une table et trois chaises les accueillent. Tout en invitant Marco à s'asseoir, le médecin prend le téléphone dans la poche de sa blouse blanche et le pose sur la table. Il retire le stéthoscope de son cou, pour l'enrouler et le glisser dans la poche libérée par le téléphone.

— Votre femme est dans un état sérieux qui nécessite une surveillance médicale particulière. En raison des circonstances qui l'ont conduite ici, la police nous a donné des consignes. Je ne suis pas censé vous donner la moindre information, ni même à l'équipe chargée des soins.

— C'est bon, j'ai compris, dit Marco en se levant d'un air agacé.

— Rasseyez-vous, s'il vous plaît. Je vous connais et je sais à quoi vous pensez.

L'air surpris de Marco, invite le médecin à poursuivre.

— Vous avez vécu de drôles de choses. J'étais là lorsque vous êtes arrivé dans le coma à l'hôpital. Aujourd'hui, c'est Sonia qui est à votre place. Elle a besoin de toute notre attention. Mais elle aura aussi besoin de vous, de sa famille. Car dès qu'elle pourra parler, c'est une autre période qui va commencer. Celle des questions liées à l'enquête. J'ai déjà été sollicité par la police. Je connais ça. Vous connaissez ça aussi.

Marco écoute ce toubib, bouche bée, sans pouvoir réagir. Son cerveau turbine à fond. Il ressasse des images qui le renvoient à des douleurs toujours vives. Ses mains se mettent à trembler au point qu'il doit les fourrer dans les poches de son blouson. Son corps se souvient.

— Cher monsieur, reprend le médecin, celui qui lui a fait ça sera vite retrouvé, il sera jugé et condamné. Vous savez quel est mon conseil, occupez-vous de Sonia sans chercher le coupable. Vous ne feriez qu'envenimer les choses et ajouter de la souffrance à la souffrance. Je comprends votre colère et je peux vous aider à prendre du recul en vous prescrivant quelques calmants qui...

— Ben voyons ! Faites les questions et les réponses. Je vois finalement que vous me connaissez mal docteur. Je n'ai besoin ni de vos drogues ni de vos conseils pour m'occuper de Sonia. Je n'ai que faire de votre condescendance.

— Il ne s'agit pas de vous monsieur, mais de l'état de santé de votre épouse et de ce qu'elle va vivre au sortir du coma. L'opération chirurgicale autour de sa plaie s'est très bien déroulée. Nous avons pu protéger au maximum son poumon et lui rendre sa fonctionnalité. Ce n'était pas gagné d'avance. Vous voyez, nous avons bon espoir. Sa guérison dépendra aussi de vous et de son entourage.

Marco sent son cerveau bouillir. Il tente de calmer sa colère, conscient que la raison doit l'emporter mais n'arrive tout de même pas à se sortir cette idée de la tête. Il doit retrouver l'enfoiré qui avait fait ça à Sonia.

Après avoir remercié le toubib, il repart faire les cent pas dans le hall. Quelques personnes patientent là, certainement venues accompagner un proche.

Marco réfléchit. Plus il cherche, plus il s'embrouille les neurones. Il pense même qu'il réfléchit trop. « Putain de psy ! » se dit-il. Son téléphone vibre, il pense à Agnès mais c'est sa belle-mère qui vient aux nouvelles. Il la rassure en prétextant une possible infection urinaire qui l'oblige à rester la nuit sous surveillance.

Le téléphone vibre à nouveau et cette fois c'est Agnès.

— Comment va-t-elle ?

— Elle vient de remonter du bloc. Elle est dans un coma léger selon le toubib. Poumon droit perforé.

— Et toi, ça va ?

— Oui ! Bien sûr que ça va ! Quelqu'un a tenté de tuer ma femme, mais ça va !

— Écoute Marco…

— Non ! C'est toi qui vas m'écouter. Le mec qui a fait ça à Sonia, vaut mieux que tu le trouves avant moi parce que…

— Marco ! tente Agnès, j'ai lancé un avis de recherche pour ton Renault Espace car tout porte à penser que le suspect s'est enfuit avec. Alors, je sais que c'est pénible mais tu dois…

— Ne me dis pas ce que je dois faire ! coupe Marco. Parce que là, je n'en peux plus des conseils à la con ! Le toubib, les flics, toi ou mon psy, je vous dis stop ! Basta !

Marco raccroche, fait quelques pas rapides, vérifie autour de lui s'il n'a pas trop attiré l'attention puis s'assoit sur l'un des bancs face aux guichets des admissions.

12

La mer est sans routes, la mer est sans explications.
Alessandro Baricco – *Océan Mer.*

Agnès appelle la PJ pour obtenir les infos sur les identités. Un officier lui indique que la victime, Benoît Sartano, dit « Ben » ou « le Tourteau », 47 ans, divorcé, deux enfants de 19 et 21 ans étudiants à Toulouse et Paris, est déjà passé devant le juge pour tags sur panneaux de signalisation. Il s'en est tiré avec une amende et des Travaux d'Intérêt Général de deux jours. Il confirme qu'un avis de recherche a été lancé pour retrouver le Renault Espace, vert bouteille, immatriculé 367 RT 64, mais rien pour l'instant.

Le propriétaire du véhicule resté sur place sur le cric est bien Jean-François Labat, 36 ans. Il est auto-entrepreneur. Sa boîte s'appelle Jeff gliss, organisation d'évènements autour de la glisse, communication, etc. Il travaille en sous-traitance pour les grandes marques au sein des compétitions de surf.

Brun, cheveux très courts avec une légère calvitie, il mesure un mètre quatre-vingt-cinq et pratique le surf. Il s'est fait remarquer il y a trois ans, après avoir posté sur internet des infos sur le spot de surf de la digue à Tarnos. Ce qui lui a valu quelques menaces de la part des surfeurs de ce spot. Il n'a jamais porté plainte.

Après avoir demandé à l'équipe technique de réaliser une comparaison des empreintes la plus rapide possible, elle appelle son patron pour l'informer. Ce dernier lui confie que le préfet est très fébrile et qu'il attend des résultats immédiats. Un meurtre à quelques jours des élections municipales doit, selon lui, être réglé très rapidement, le coupable trouvé et remis à la justice. D'autant qu'il pourrait y avoir un lien avec l'ancienne affaire du port de Bayonne. C'est la juge d'instruction Martine Laplace, une proche du préfet, qui prend le dossier.

Agnès supporte de moins en moins ce genre de pression d'origine politique. Elle prendra le temps qu'il faudra pour coincer le coupable même si elle conçoit qu'il y a un degré d'urgence.

Le suspect a dû faire de nombreux kilomètres. Elle appelle Beñat pour un rapport complet sur la perquisition à Ondres.

— L'état de la maison laisse supposer un départ précipité. Il semble même que la patrouille l'ait raté de peu. Pas de trace d'une autre personne ou d'une compagne. Des tiroirs ouverts, quelques mégots de pétards dans le cendrier, des traces de coke aussi et un univers de surf et de voyages. D'anciens billets d'avion vers l'Asie, l'Indonésie dont Bali, une des destinations favorites des surfeurs.

— Il faut absolument trouver le véhicule, peut-être est-il encore en train de rouler. Informe quand même l'aéroport de Biarritz. On se retrouve immédiatement au bureau pour faire un petit briefing. J'ai bien peur qu'il soit en train de nous échapper.

— OK Agnès, je lance un appel à toute l'équipe, répond Beñat.

— Oui, mobilise aussi un maximum de ceux qui sont en repos. C'est maintenant que cela se joue. Autre chose, on a un surfeur dans l'équipe ?

— Oui moi !

— Tu plaisantes ?

— Je surfe un peu, c'est pourquoi ?

— À propos de ce dont nous a parlé la serveuse. Le « localisme » je crois. Cette pratique qui consiste à interdire l'accès à des spots de surf.

— Oui je sais de quoi tu parles. Il y a eu plusieurs articles de journaux là-dessus ces derniers mois, à propos de menaces qui ont pesé sur un surfeur du spot de la digue à Tarnos.

— Justement, c'est notre suspect. Tu le connais ?

— Non. Pas personnellement mais j'en ai entendu parler. Les « locaux » de la Digue n'ont pas du tout apprécié qu'il vante les qualités des vagues de la digue sur Internet et les réseaux sociaux. C'est un truc à ne pas faire. Il est aujourd'hui considéré comme un traître.

— Pff! Je ne voyais pas du tout le monde du surf de cette manière !

— Tu serais surprise…

— Donc on serait plutôt sur un règlement de compte.

— Je pense aussi.

— Mais je ne vois pas le rapport avec Sonia. Bon ! Tu peux regrouper quelques infos sur le sujet s'il te plaît ? Mais priorité à trouver le Renault Espace et le type en cavale. Pense à faire analyser les vidéos des autoroutes A 63 et A 64 dans les deux sens ainsi que les passages à la frontière. Interpelle également la police aux frontières et envoie-leurs tous les éléments.

— OK, je mets du monde sur le coup.

13

Nous réalisons que ce que nous accomplissons n'est qu'une goutte dans l'océan. Mais si cette goutte n'existait pas dans l'océan, elle manquerait.
Mère Teresa – *Un chemin tout simple.*

Il n'a pas été trop difficile de convaincre ses beaux-parents de garder les filles pendant quelques jours, d'autant qu'ils sont maintenant informés de la situation. Il n'en a pas été de même lorsqu'il a prévenu les membres de son groupe de rock de son absence, sans leur dévoiler quelle en est la cause. Heureusement pour lui, aucun concert n'est prévu avant deux semaines.

Un sac de sport avec quelques affaires, quelques billets de vingt et cinquante euros, prélevés dans le bocal qui sert aux économies pour les vacances, Marco a pris sa décision. Son plan est encore flou mais il a l'intention de suivre son instinct. Il appelle le patron de Sonia, tombe sur la messagerie et raccroche immédiatement. Lui vient l'idée d'appeler Paolo, saisonnier du surf-shop, qui remplace Sonia lors de ses absences. Il connaît bien le milieu des surfeurs et en particulier ceux qui pratiquent le « localisme » sur la côte basco landaise. C'est le genre de mec qui est toujours d'accord avec tout le monde. Il doit être chez lui devant sa télévision avec une bière et un pétard.

— Paolo ? Marco, le mari de Sonia, tu me remets ?

— Ouais. Qu'est ce qui t'arrive ?

— Une urgence. Tu as entendu parler du meurtre à la digue ? Faut que tu me files le nom et l'adresse du mec qui a été tué.

— Holà ! Qu'est-ce que tu me fais là ? Tu ne vas pas remettre ça. Faut passer à autre chose mon gars. Laisse la police faire son taf, Marco. Houlà ! Compte pas sur moi, mon gars.

— OK. Je te repose la question. Tu as son nom et son adresse ?

— Tu crois quoi mon gars ? Que je suis l'annuaire, les Pages blanches ?

— D'accord, excuse-moi.

— N'importe quoi, sérieux, ajoute Paolo avant de raccrocher.

Moins d'un quart d'heure après, Marco entre dans l'appartement de Paolo sans frapper. Il trouve ce dernier avachi dans son canapé, une manette entre les mains, devant un jeu vidéo guerrier. Surpris, il se lève et pousse un cri de peur. Marco profite de sa stupeur pour l'alpaguer par le tee-shirt et le renvoyer sur le canapé.

L'appartement empeste le shit, un pétard fumant se consume lentement sur le bord d'un cendrier. Il y a du bordel un peu partout. De petite taille, Paolo cache un corps assez maigre sous un ample t-shirt et un jean tombant au milieu des fesses. La casquette vissée sur un crâne rasé lui donne un air d'ado. Mais son visage aux rides profondes trahit son âge et son passé de fêtard excessif. Paolo, qui se fait passer pour un zonard de banlieue, est en réalité le fils d'un gros entrepreneur local et a vécu toute sa jeunesse dans un quartier chic de Tarnos. Son père, un immigré portugais qui avait fait des affaires dans la construction, l'a foutu dehors de chez lui à trente ans en raison de son inaptitude au travail.

— Ses nom et adresse Paolo, allez dépêche, je suis pressé.

— Je rêve mon gars ! Tu sors de chez moi ! Tu te casses, point final.

— Ma patience a des limites. J'ai déjà du mal avec les types de ton genre, alors si tu ne veux pas que je m'énerve, ne perds pas de temps et donne-moi ce que je veux.

— Ah non mon gars. J'ai pas ça ! Je connais sa tronche, je sais qu'il surfait à la Digue et que c'est un « local », mais c'est tout. J'ai pas les détails, tu vois ?

— Je pense que tu peux les avoir.

— Ouais, mais moi je veux pas d'embrouille OK ? Je ne le connaissais pas plus que ça, ce mec et…

— Ben si tu le connaissais, coupe Marco.

— Je veux dire qu'il n'est… enfin, qu'il n'était pas net. Putain, Marco, c'est une affaire qui craint. Il y a un mort cette fois-ci. Ça rigole plus là !

— J'en ai rien à carrer. Donne-moi son nom, son adresse, son 06, tout le bordel, je perds patience.

— Calmos mon gars.

— Tu veux un petit coup de main ?

Tout en posant la question, Marco attrape Paolo par un bras et le pousse dans un coin du salon.

— Non mais je rêve ! T'es dingue ou quoi ?

Marco menace de lui mettre une gifle.

— C'est ça, t'es dingue ! crie Paolo, qui tourne autour de Marco en se protégeant. Après tout, j'en ai rien à branler. Je te file tout et tu dégages d'ici. Sonia va être super-contente quand elle va voir dans quelle merde tu es en train de te foutre.

— Fous la paix à Sonia et donne-moi ce que je t'ai demandé.

— Il s'appelle Ben, pour Benoît je crois. Benoît Sartano.

— Et…

— Et quoi ?

— Son adresse, ses relations, tout quoi ! Exige Marco en levant la main

— Là t'abuses, merde. C'est LE boss des locaux d'ici, enfin… c'était. C'est lui qui gérait tout. L'association des surfeurs côtés officiels, les menaces et pressions sur les « gom's » côté officieux, si tu vois ce que je veux dire…

— Je vois très bien. Et tu penses qu'il a été agressé pour ça ?

— Tout le monde dit que c'est certainement un mec qui s'est vengé. Ça va loin j'te dis. Puis j'avais que son 06 mais il ne te servirait à rien maintenant, je ne connais pas son adresse. Je crois qu'il crèche du côté de Boucau.

Marco marque un temps d'arrêt. C'est tout près, les flics doivent déjà y être. La thèse d'une confrontation Locaux VS Gom's qui a mal tourné se confirme. C'est le Gom's qui aurait gagné. C'est lui que Marco veut trouver avant les flics.

— Une idée de qui aurait pu faire ça ?

— Non mais Marco ! T'es devenu flic ou quoi ? Ça t'a pas suffit la dernière fois ? Tu les cherches Marco, tu les cherches…

— Ne t'inquiètes pas pour moi, c'est gentil, ça va aller… Mais dis-moi, le mec de Tarnos là, qui a eu droit à des articles de presse au sujet du « localisme », heu…

— Le Gobie

— Voilà c'est ça ! Le Gobie, je savais qu'il avait un surnom à la con.

— Quand il a eu des embrouilles avec les locaux de la digue, tous ceux de la Côte l'ont lâché.

— Et pourquoi ?

— Il n'a pas respecté la règle numéro un : ne rien dévoiler et ne faire aucune promotion sur les spots « protégés ». Lui, il a posté des photos et fait des commentaires sur le site E-Swell et cela lui a suffi pour s'attirer la haine de tous.

— J'ai lu les articles de presse. Il s'appelle comment dans la vraie vie ce fameux Gobie, il habite à Tarnos ?

— C'est dans la presse

Marco se fait à nouveau menaçant.

— Jeff je ne sais pas comment.

— C'est lui qui a fait le coup ?

— Certainement pas ! Il est un peu con, certes, mais pas capable de faire de mal à une mouche ! Et puis il ne surfe plus ici. Il est grillé. C'est un mec qui n'aime pas les embrouilles. Depuis qu'il a posté son truc on ne l'a plus revu !

— Il crèche où ?

— À Ondres je crois.

— Bon, va falloir que je me débrouille avec ça. Merci Paolo et bonne soirée !

— Bien sûr…

Marco jette un dernier regard sur le foutoir de l'appartement avant d'ajouter :

— Au fait, pas un mot à qui que ce soit sur notre petite discussion de ce soir, même pas aux flics qui devraient te rendre visite, vu tes accointances avec tous ces branleurs. OK ?

— Ouais OK… Répond Paolo avec lassitude.

Dans sa bagnole, Marco prend un léger temps de réflexion. Il sait la police sur l'enquête et craint de se trouver nez à nez avec quelque flic ou pire, avec Agnès, ce qui le mettrait dans une position délicate. Il risque de l'avoir sur le dos en permanence. Il doit agir vite, ne pas prendre la moindre pause, remonter jusqu'à l'assassin.

14

Croire au soleil quand tombe l'eau.
Louis Aragon – *Le fou d'Elsa.*

En route vers la PJ, l'auto-radio calé sur France Bleu Pays Basque passe « Is this love » de Bob Marley. Quand elle a la tête dans une affaire, rien d'autre ne compte pour Agnès. La musique lui est même étrangère. Mais cette fois, c'est différent. Elle n'a pas pu accueillir Laurent à l'aéroport. Il avait pourtant besoin d'elle. Pire, elle lui a quasiment raccroché au nez alors qu'il est dans la merde. « Is this love, is this love that i'm feelin' » chante le Rasta. Elle ne sait pas vraiment si elle aime Laurent pour ce qu'il est. Elle l'aime physiquement, c'est sûr. Elle aime son corps, sa force, sa façon de faire l'amour, sa tendresse dans ces moments-là. Mais lui, dans son entier, elle ne sait pas. Est-ce qu'à chacune de ses relations sexuelles avec un homme ou une femme elle est amoureuse? Elle n'y croit pas mais elle éprouve un certain attachement pour Laurent.

Comme une forme d'attraction physique addictive. Elle sait combien Laurent aimerait qu'ils vivent ensemble, c'est un sujet épineux entre eux. Agnès ne lâchera pas. Elle tient à son indépendance totale. Pour l'instant, elle ne veut pas le braquer parce que cela fait plus d'une semaine qu'elle n'a pas pu se mettre quoi que ce soit sous la dent. Elle doit passer le voir. Une entorse à son propre règlement.

En attendant, Agnès est toujours sans nouvelle du fugitif. Pour l'instant, l'analyse des bandes vidéo des autoroutes n'a rien donné. Pas de trace de la voiture. Elle sent qu'il est en train de lui échapper. Le temps presse. Elle a le sentiment d'avoir déconné quelque part. Le temps, dans une affaire criminelle, c'est le plus important. Ne pas laisser le suspect vous distancer, réfléchir, s'organiser. Il faut lui mettre la pression, le faire paniquer pour qu'il commette l'erreur qui va le confondre.

Elle est d'autant plus stressée qu'elle a quasiment tout sur le suspect. Parfois, on ne sait rien. Là on sait presque tout, sauf ses habitudes, s'il a des amis, de la famille. Rien dans son appartement n'a permis d'identifier son entourage. Rien. Comme si ce type vivait absolument seul. Un père décédé. Une mère absente. Un passé dans un foyer. Un surfer solitaire. Il doit bien avoir quelques relations sentimentales, sexuelles. Rien dans son appartement. Presque rien sur lui dans les fichiers de la police. Ses voisins ne le connaissent pas. Il a sa propre entreprise. Auto-entrepreneur. Le truc qui fait rêver des milliers de gens, des jeunes en particulier. Ou plutôt qui a fait rêver, car comme le lui a expliqué Laurent, beaucoup en reviennent. Il appelle ça de « l'auto-exploitation » au service d'entreprises qui les utilisent à leur bon vouloir. Là aussi, tout passe par des contrats réalisés souvent à distance. Pas sûr que ce loup solitaire ait eu beaucoup d'échanges en direct avec ses commanditaires ou clients. Une piste à creuser.

Dans les locaux de la PJ, elle demande à un jeune officier de police de faire une recherche sur l'activité professionnelle de Jean-François Labat et presse un peu ses collègues qui épluchent les vidéos des autoroutes. Quelques signes d'agacement lui sont retournés. Rien à voir avec la consigne mais plutôt avec le fait qu'elle soit donnée par une femme. La police n'en a pas terminé avec ça et Agnès non plus. Une femme qui demande des résultats, pour certains c'est difficile. Pour Beñat non. Apparemment il s'en fout. Il s'intéresse plus au boulot qu'à celui ou celle qui le demande. C'est d'ailleurs le seul, le plus sincère. Les autres font semblant de ne pas en tenir compte. Pour Agnès, c'est déjà un progrès, mais elle n'est pas dupe. Elle sait, en partie grâce à Beñat, que la plupart ne se gênent pas pour la dénigrer en son absence. Surtout depuis qu'elle passe des concours internes pour gravir les échelons. Tous en rêvent, mais aucun n'a le cran pour s'y coller. Ils imaginent tous en secret que la hiérarchie va les repérer, gratifier leurs expériences par des promotions. Cela se produit parfois, mais c'est alors réservé aux hommes. Les femmes, elles, doivent en permanence faire la démonstration de leurs compétences, se surpasser et montrer de quoi elles sont capables, quitte à aller jusqu'à effacer leur propre personnalité voire leur féminité. C'est, selon Laurent, un phénomène très répandu, y compris dans les organisations syndicales, dont on ne peut pas nier l'intérêt pour l'égalité professionnelle. Agnès s'est pourtant donné un objectif: changer l'état d'esprit de ses collègues. Vaste programme!

« C'est la police qui va te changer » lui a dit un jour Marco. Cet homme pour qui elle a beaucoup de sympathie. Un type à fleur de peau, nerveux, imprévisible mais très sensible. Son exemple aide Agnès à ne rien lâcher, à tenir bon quand tout autour d'elle la pousse à abandonner.

Quittant la machine à café où elle est venue se servir une de ces boissons sirupeuses crânement appelées « expresso », elle tente une nouvelle approche en direction des collègues chargés de visionner les bandes vidéo des autoroutes et passages à la frontière.

— Vous tombez à point, On tient votre bagnole. Le Renault Espace immatriculé 367 RT 64!

— « Votre bagnole »? C'est bien ce que vous avez dit? Vous ne vous sentez pas concernés par l'enquête en cours ou c'est pour une autre raison que vous avez dit « on tient votre bagnole »?

— OK, la voiture qui pourrait être conduite par notre suspect, capitaine, répond l'officier d'un ton narquois. Elle est passée de l'autre côté, carrément par Biriatou, ce soir, il y a près d'une demi-heure.

« De l'autre côté », c'est comme ça qu'on dit ici. On ne dit pas qu'on passe en Espagne. Parce que de l'autre côté de la frontière ou des Pyrénées, c'est encore le Pays basque. Donc, on dit « de l'autre côté ». Tout ça, Agnès l'a appris à ses dépens, chaque fois qu'elle parlait d'aller en Espagne, ses collègues se moquaient d'elle. « C'est loin l'Espagne » lui disaient-ils. Au début elle ne comprenait pas, puis elle a dû s'y faire et utiliser les mêmes termes. Une façon pour une Parisienne de s'intégrer, même si elle restera toujours la Parisienne.

— Merde ! On l'a raté ! Ça se complique. Je vais appeler le CCPD d'Hendaye pour leur dire qu'il est passé et le juge d'instruction pour un mandat d'arrêt européen.

Le CCPD c'est plusieurs corps réunis. La police aux frontières, la gendarmerie et les douanes françaises, le corps national de police espagnol, la Guardia Civil, l'équivalent de notre gendarmerie, la Ertzaintza ou police du gouvernement basque et l'agence tributaire du trésor espagnol, en fait, les douanes espagnoles ; tout ce petit monde coopère dans un même bâtiment à Hendaye. On y parle le « frangnol » et paraît-il l'Euskara. Un service fort intéressant pour lequel Agnès a failli postuler il y a quelques années. Mais si l'activité y est passionnante, elle manque d'action sur le terrain.

Coup de chance, elle tombe sur un officier de la police nationale française : Agnès ne maîtrise pas bien la langue de Cervantès…

— On l'a raté de peu, dit-elle. Il est passé juste avant qu'on vous le signale. Il a fait vite.

— Avez-vous d'autres éléments pour qu'on lance une recherche ? demande froidement l'officier au bout du fil.

— Non, rien de particulier. C'est un surfeur surnommé le Gobie…

— Nous allons regarder du côté des communautés de surfeurs du Guipuzkoa et de Biscaye, il est peut-être connu et cherche des soutiens.

— Oui, c'est une bonne piste. Je vous envoie le mandat d'arrêt européen dès qu'il sera en ma possession et je vous invite à visionner les vidéos des caméras de surveillance à partir de Biriatou où notre suspect est passé avec un Renault Espace dont je vous fais envoyer les éléments immédiatement.

Agnès appelle immédiatement la juge d'instruction, Martine Laplace, elle est passée par Marseille, les trafics de drogue et d'armes, la grande criminalité, puis elle est venu souffler un peu au Pays basque grâce à son réseau de connaissances. L'avantage avec cette juge c'est qu'elle est disponible vingt-quatre heures sur vingt-quatre. Une habitude qu'elle a gardée de son poste à Marseille, où il faut faire souvent très vite. C'est son seul avantage car elle est d'un abord très froid. Toujours tirée à quatre épingles, elle affiche un air hautain et inquisiteur. Elle lui fait penser à une vieille directrice d'école.

En plein milieu de la nuit, la juge répond d'une voix claire et alerte, comme si Agnès ne l'avait pas sortie du lit. Elle lui explique les raisons de son appel et le fait qu'ils ont raté de peu le fugitif.

— J'ai bien compris votre demande capitaine, mais je pense que l'on aurait pu éviter cela, s'agace-t-elle sur un ton assez agressif.

— Comment ça ? interroge Agnès.

— En contactant plus tôt les services de police frontalière, par exemple. La rapidité d'action c'est la base de toute enquête, je vous le rappelle.

— Oui, je sais madame. Nous avons eu beaucoup de choses à faire en peu de temps, mais je vous l'accorde, j'aurais dû donner l'alerte plus tôt. Je m'engage à donner un maximum d'éléments dans les meilleurs délais à la police espagnole.

Agnès est bien obligée de reconnaître son erreur et ce n'est pas le moment de se mettre la juge d'instruction à dos. Elles sont appelées à travailler ensemble. Cependant, elle n'apprécie pas le ton de maîtresse d'école qu'elle emploie.

— Bien. Répond la magistrate sur un ton plat. Je vous envoie le mandat d'arrêt européen par mail dans cinq minutes. Coincez-le au plus vite et tenez-moi informée dès qu'il y aura du nouveau.

— Merci madame la Juge.

Agnès s'en veut. Elle a été perturbée par ses pensées pour Sonia et Marco, cet électron libre prêt à faire des conneries. Elle a manqué de recul et de professionnalisme, elle doit se rattraper coûte que coûte. Agnès sait déjà qu'elle va devoir passer dans le bureau du patron pour se faire rappeler un certain nombre de règles, au moins pour le principe et aussi pour rassurer tout le monde, du commandant au juge d'instruction en passant par le procureur. Elle qui souhaitait une erreur de la part du fugitif vient d'en commettre une belle. Toujours est-il que le jour où elle va passer au falot, ses collègues ne vont pas la soutenir, mis à part Beñat. Elle espère toutefois que le patron saura se montrer discret, ce qui dépendra de son humeur du jour.

Après avoir adressé le mandat d'arrêt européen au CCPD vers minuit-trente, Agnès demande à Beñat de rendre visite à la jeune serveuse du Barrel et à son avocate commise d'office pour l'interroger. Elle donne rendez-vous aux autres le lendemain à 7 h 30 pour un briefing afin de poursuivre les recherches et reprendre les analyses de la police technique et scientifique.

Agnès ne pourra pas dormir. C'est toujours comme ça la première nuit. Tant qu'elle n'a pas une piste sérieuse, elle ne peut pas fermer l'œil. Et cette fois elle a, en plus, d'autres problèmes à régler. Un, tenter de considérer Sonia comme une victime lambda et faire la part des choses. Deux, trouver Marco, ne pas le lâcher et le persuader de ne pas faire de conneries. Trois, trouver du temps pour débarquer chez Laurent et faire l'amour. Vu le rythme de l'enquête, ce troisième objectif s'avère compliqué à réaliser.

15

L'humanité doit beaucoup à l'homme qui a découvert la goutte qui fait déborder le vase.
Marc Escayrol.

Je regarde les heures défiler sur mon ordinateur portable. Ma nuque me fait mal et je suis dans l'état d'un type qui n'aurait pas dormi depuis 48 h. Le pire c'est de sentir la fatigue et d'être incapable de fermer l'œil. Certes, il y a le décalage horaire mais il y a aussi cette histoire. Quelle galère ! Il va falloir que je suive Marco de près pour le protéger. Le protéger de lui-même d'abord.

En attendant, me replonger dans ce que j'ai vécu au Bangladesh me permet de prendre un peu de recul et de faire le point. J'en profite pour faire mon compte rendu à la confédération. Je ne suis pas très synthétique mais j'élaguerai plus tard.

Je commence par mon arrivée dans un petit appartement de la banlieue de Dhaka pour y rencontrer le président du syndicat du textile, Shamim Mazhar.

L'odeur de cuisine et d'huile. L'épouse de mon hôte et sa fille ainée qui préparaient le repas. Ses autres enfants, ses parents, ses propres frères et sœurs, tous habitaient dans cet appartement bien trop exigu pour accueillir autant de monde. J'étais vraiment gêné par la gentillesse et l'attention avec lesquelles ils m'ont reçu. J'essaie de trouver les mots pour expliquer comment ces gens qui souffrent ont su me montrer la solidarité et la combativité qui les animent. Malgré des conditions de vie inhumaines, dues à des salaires bas, à des emplois précaires et à l'absence de droits, ils restent debout. Les villes et en particulier Dhaka, concentrent de plus en plus la population venue du milieu rural où la famine fait rage. Cette mégapole est une des plus peuplées du monde. Le logement manque et le prix des loyers grimpe. Des bidonvilles apparaissent chaque jour aux limites de la capitale. On en compte aujourd'hui plus de quatre mille cinq cent. Ainsi, les familles se regroupent-elles dans de petits appartements dès qu'un de ses membres gagne un salaire. C'est le cas de la fille de Shamim et de sa belle-sœur. Toutes les deux travaillent dans une des nombreuses usines de textile de la région. Avec un salaire de 3 000 takas pour la plus jeune et de 4 000 pour la belle-sœur, la famille parvient à survivre et même à inviter les voisins pour les repas. Avec moins de quatre-vingt-dix euros les mois les plus travaillés, la solidarité est une obligation, pas un choix. Pour manger, il faut partager. C'est souvent le même plat qui revient. Du riz et du poisson. C'est ce qu'il y a de moins cher et de plus courant. La plupart ne travaillent pas tous les jours.

En relevant les yeux de mon écran, j'observe mon appartement, les lumières allumées, mon mobilier moderne, puis je me revois manger à même le sol, sur une natte dans cet appartement exigu de Dhaka. Un massala préparé à base de poisson est servi avec des lentilles jaunes et beaucoup de riz blanc dans un plat en terre cuite. C'est un plat de fête dans lequel chacun se sert avec les doigts.

Tous se sont un peu moqués de moi, maladroit avec mes boulettes de riz qui se cassent chaque fois que je veux les porter à la bouche. J'écris « ces gens sont beaux, humbles et accueillants ».

Un événement durant mon séjour est venu bousculer l'emploi du temps prévu à l'origine. Un militant du textile, apparemment très engagé et très respecté, a été victime des nervis du patronat du Bangladesh. Il a été enlevé et séquestré pendant plusieurs jours puis libéré le jour de mon arrivée.

Ce militant, je l'ai rencontré. Ça a été un choc. L'homme était assez maigre, au visage anguleux et très marqué. Il nous a accueillis Shamim, Rafi et moi devant la porte du local syndical. Une toute petite pièce qui ne contient qu'une table et trois chaises bancales. Des murs en béton, pas de fenêtre. Une remise dans laquelle le militant a refusé d'entrer expliquant qu'il ne peut plus pénétrer dans une pièce. Depuis que les nervis l'ont relâché, il n'a pas pu entrer quelque part et refermer la porte. Ni chez lui, ni dans le local syndical. L'échange a donc eu lieu devant la porte du local. Cet homme s'est d'abord mis à parler des conditions de travail des femmes du textile, puis petit à petit de la répression syndicale et des tentatives de museler les militants au travers de menaces qui parfois se traduisent par des actes violents pouvant aller jusqu'à l'assassinat. Il nous a dit dans quelles conditions il a été enlevé un soir alors qu'il sortait de ce local. Douze jours passés dans une pièce sans lumière, avec un seau pour ses besoins, un bol de riz par jour. Des hommes qui, à visage découvert, lui disaient les pires atrocités qu'ils allaient lui faire ainsi qu'à sa famille. Une torture psychologique et physique mais sans coups portés. Quelques bousculades et insultes tout au plus. Quelques menaces avec des armes blanches aussi. Mais jamais de coup. Puis sans plus d'explications, ils l'ont laissé partir sans craindre d'être inquiétés un jour.

Le syndicat a bien tenté de savoir où était passé leur ami et a demandé à la police que des recherches soient lancées, mais sans succès.

Je sens un petit creux et me rends au frigo. Un goût me revient. Celui d'un dessert très sucré fait de riz au lait parfumé à la cannelle, servi par l'épouse de Shamin et sa fille. Il était accompagné du « chaï », un thé noir au lait sucré et aux épices.

Une mousse au chocolat au goût industriel avalée, je me remets au boulot sur les conditions de travail de femmes, dont des adolescentes, qui travaillent dans une chaleur à peine supportable et dans un bruit infernal de grosses machines à coudre. À raison de douze à quatorze heures les jours où elles travaillent. Car là-bas, il n'y a pas de contrat. Il faut venir le matin de bonne heure en espérant être embauchée pour la journée. Les faibles revenus poussent des mineures à quitter l'école pour accompagner leurs mères à l'usine et ainsi multiplier les paies et venir en aide à la famille. Les employeurs sont plus vigilants qu'autrefois sur le travail des enfants. Une question d'image qui a été posée par les commanditaires que sont les marques françaises et européennes, elles-mêmes soumises à la pression des ONG et des syndicats. Aussi, les jeunes filles se maquillent-elles et s'habillent-elles comme des adultes afin d'avoir une chance de travailler au sein de l'usine.

Ces gens font des efforts admirables pour dépasser leur peur. Ils me l'ont souvent dit, ils vivent avec la trouille au ventre depuis leur enfance, comme la plupart des gens des milieux populaires du Bangladesh. La peur de ne pas pouvoir nourrir ou loger sa famille. La peur de se blesser ou de tomber malade et de ne plus pouvoir travailler. La peur des employeurs et des gardes chiourmes qui leur crient dessus chaque jour. Et puis la peur d'être attaqué ou tué parce que l'on a osé revendiquer. Cette peur est devenue une compagne. Ils s'y sont tous résignés et paradoxalement, elle permet à des hommes et des femmes de la maîtriser, de la dépasser pour finalement en prendre le contre-pied et s'engager avec d'autres.

Je sens une boule d'émotion qui monte dans ma gorge et je la laisse faire son chemin. J'en ai besoin.

C'est au contact de Txomin, mon ami et camarade disparu tragiquement sur le port de Bayonne, que j'ai appris à parler des femmes et des hommes que je rencontre. Il m'a toujours dit combien il est important de mettre en avant notre sensibilité, notre humanité, notre empathie, c'est un rempart contre la barbarie.

Mais parfois je doute. Je me demande où est cette humanité. Si je la vois dans les portraits que j'ai photographiés là-bas, j'ai du mal à la retrouver dans la photo de ce terrain vague parsemé de blocs de bétons oubliés, où une plaque témoigne des milliers de morts et de blessés dans l'effondrement du « Rana-Plazza ».

Au centre de la photo, une sculpture représentant deux bras levés vers le ciel. Un tenant une faucille, l'autre un marteau. La plaque indique en bengali et en anglais « Victims of Rana Plaza disaster – 24-04-2013 – Rest in peace – Our memories are sprayed with a billion tears – Wee will never forget. »

Mes larmes font surface et je ressens enfin l'épuisement. Je me couche à même le canapé et m'endors avec une image : les sourires édentés des enfants du Bangladesh.

16

Dommage que tu n'aies pas été là hier, il y avait des vagues magnifiques !
Un emmerdeur.

Le personnel n'a pas autorisé Marco à rester dans le service des soins intensifs. Il s'est endormi sur l'un des bancs de la salle d'attente des admissions. Après quelques heures de repos, face au regain d'activité de l'hôpital au petit matin, il est passé voir Sonia dans sa chambre. Rien n'avait évolué. Les infirmières se relayaient et personne n'était en mesure de lui dire quand elle monterait dans une chambre. Il est donc rentré chez lui.

Le manque de sommeil réparateur ne lui permet pas de bien se concentrer sur ses recherches, mais il a tout de même trouvé une photo ainsi que l'adresse du « Gobie », 41 ans, célibataire. Le journal *Sud-Ouest* a consacré un article sur ses mésaventures avec ses amis surfeurs de la Digue de Tarnos.

Il faut bien commencer par quelque-chose. Peut-être que ce gars pourra lui donner une piste, un indice qui lui permettra de remonter jusqu'à l'assassin.

Un brin de toilette et il repart avec son scooter, direction Ondres. Quelques maisons répondent au signalement de Paolo. En observant les noms sur les boîtes aux lettres, il trouve une villa des années soixante-dix, dotée d'un petit mur d'enceinte surmonté de tuiles rouges. Le portail en fer forgé est ouvert, bloqué par le sable depuis longtemps à en juger par l'herbe qui a poussé à sa base. Marco actionne une sonnette sur le pilier gauche et attend.

En ce milieu de matinée de lundi, la rue est plutôt calme. Il réitère l'appel, toujours rien.

En jetant un coup d'œil autour de lui, il avance sur le court chemin qui mène à une porte de garage. Deux traces de sable, laissées par les passages successifs d'une voiture, séparées par une ligne d'herbe haute aux pointes noircies de cambouis. À droite de la porte du garage, un petit escalier monte à la porte d'entrée de la maison. La mousse verte qui s'accumule sur les marches indique que cet escalier n'est pas souvent emprunté. Il n'y avait pas fait attention parce que l'angle de la porte d'entrée le lui cachait, un scellé est apposé près de la poignée, tenue par du ruban adhésif rouge marqué « Scellé judiciaire-Ne pas ouvrir ». Surpris, il regarde autour de lui et décide de passer sur le côté toujours en suivant les traces laissées dans l'herbe. Engagé, il découvre derrière la maison un jardin occupé en partie par une véranda. À travers la vitre, il aperçoit des planches de surf, une combinaison en néoprène suspendue à un cintre, une affiche partiellement déchirée d'une marque de vêtements de surf. Sur le terrain, un barbecue qui n'a pas servi depuis longtemps au regard de l'amas de cendres, de canettes et autres mégots qui s'y accumulent, puis un hamac défraîchi tendu entre deux arceaux. L'herbe haute et les tas d'aiguilles de pins témoignent d'un jardin peu entretenu.

Mais la curiosité de Marco ne s'arrête pas là. Il casse un des carreaux de la porte, entre dans la véranda puis ouvre une nouvelle porte qui donne accès directement sur une cuisine. Des équipements quasiment neufs et dernier cri, organisés en U donnent une impression de matériel digne d'un professionnel. En espérant ne pas tomber nez à nez avec les flics, il avance encore jusqu'au beau milieu d'un salon dépourvu de meubles, mis à part un canapé d'angle, une table basse et un écran plasma accroché au mur.

Les volets sont fermés en « bonne femme », ainsi Marco surveille si quelqu'un vient. Sans s'appesantir, il jette un œil. Quelques mégots de joints traînent dans le cendrier. Aux murs, des photos très kitchs de plages ornées de cocotiers désolent Marco. Des revues de surf sont posées négligemment sur la table. En les soulevant, un courrier s'en échappe et glisse au sol. Marco y voit un nom et une adresse. Il le met immédiatement dans la poche. Il entend alors un véhicule approcher. Au travers des volets il aperçoit une voiture de police. Marco quitte vite la maison par la véranda et essaie de passer par le fond du jardin. La clôture est en mauvais état et des ronces y sont entremêlées. Peu importe, il force le passage, sent les épines le griffer. Son blouson et son jean se prennent dans la broussaille et l'empêchent d'enjamber le grillage. Il parvient à s'en dépêtrer de justesse lorsqu'il voit les policiers passer derrière la véranda.

17

Laissez les autres estimer la taille des vagues.
Conseil de surfeur – *Magazine Surf session.*

Agnès se réveille en sursaut. Un rêve étrange, elle faisait une chute. Elle a l'impression d'avoir ressenti le choc. Elle a un bras engourdi, celui sur lequel elle avait posé sa tête. Mal dans le bas du dos aussi. Elle s'étire et fait reculer son fauteuil de bureau. Son portable indique cinq heures trente. Elle marche au radar vers les toilettes et croise son collègue qui a veillé toute la nuit. « Rentre chez toi » lui dit-elle. « Et sois là à treize heures trente, merci ». Au lavabo crasseux, elle se passe un coup de flotte sur le visage et un peu dans la nuque. Elle défait son soutien-gorge, fait quelques mouvements de bras et le remet. Elle reboutonne sa chemise en laissant un léger décolleté, défroisse sa veste, repasse son jean en le repoussant sur les cuisses avec ses mains, puis transformant ses doigts en peigne, elle repose sa coiffure blonde sur ses épaules. Le miroir lui renvoie une image potable.

Il ne s'est rien passé cette nuit. Un café au distributeur suffira pour démarrer. Il lui reste une bonne heure pour préparer le briefing. Elle a besoin de s'immerger totalement dans l'enquête. Or, elle n'a toujours pas réglé le problème « Marco ». Ce dernier n'a pas répondu à ses appels. Elle est à nouveau passée à l'hôpital dans la nuit, espérant le rencontrer mais sans succès. Puis elle est retournée au bureau pour, comme à son habitude, faire un point des éléments de l'enquête. Elle a été obligée de constater qu'elle n'a finalement pas grand-chose, sinon le stress de voir son erreur se transformer en catastrophe. Elle craint le pire. Cet homme est aux abois. Il risque de commettre d'autres meurtres. Cela serait forcément de sa faute à elle, qui n'a pas tout mis en œuvre pour l'arrêter. Si elle avait pensé à saisir immédiatement le CCPD à la frontière, ils l'auraient probablement coincé. Se laissant tomber dans le fauteuil de son bureau, elle jette un œil sur les premières constatations des gendarmes et sur son propre rapport rédigé dans la nuit. Un petit coup de chiffon à poussière sur le bureau s'impose. Mis à part un verre en plastique réutilisable des fêtes de Bayonne, dans lequel elle a mis ses stylos et crayons, aucun autre objet ne l'encombre.

Petit à petit, ses collègues arrivent. Elle se dépêche de noter sur son carnet les quelques points dont elle veut leur parler. Le premier qui toque à son bureau et le seul à l'embrasser, c'est Beñat Ellissaguer, son bras droit. Il aime arriver de bonne heure et échanger quelques banalités avec Agnès avant d'entrer dans le vif du sujet. Délicatement, il aborde le raté de la veille, qui selon lui commence à faire le tour de la brigade et conseille à Agnès d'attaquer la réunion par ça, en expliquant la complexité de ce début d'enquête et la nécessité de mettre le paquet aujourd'hui. Il lui propose de rappeler que ce n'est pas la première fois qu'un fugitif passe de l'autre côté et que ce n'est pas très difficile au regard du peu d'effectif déployé aux passages à la frontière. Il ajoute que celui-ci a choisi de passer à Biriatou et que cela leur a permis de le repérer. Il faudra, selon Beñat, calmer le jeu d'entrée et mettre tout le monde au boulot. Il se propose pour en parler.

— Non Beñat, je sais que je peux compter sur toi mais j'ai fait la connerie, je vais l'assumer et leur demander de passer en mode action.

— Tu as raison. Je m'occuperai des éventuels emmerdeurs qui continueront à te casser du sucre sur le dos. Il n'y en a pas un qui y avait pensé de toute manière. Même pas moi. Je le leur rappellerai, compte sur moi.

— Merci, on y va ?

La salle de réunion est aussi grande qu'un bureau. Une table est disposée au centre et chacun s'installe sur les chaises autour. Les quatre officiers y sont à l'étroit et discutent d'un tas de choses. Principalement du rugby et de la raclée que vient de prendre Bayonne contre Castres, à domicile qui plus est. On entend des « ils ont perdus », « Ils n'ont plus la niaque », qui diffèrent d'il y a quinze jours où l'on entendait « on a gagné », « y'a pas photo on a été les meilleurs », lorsque Bayonne est allé gagner à Lourdes.

— Messieurs, je vous demande un peu d'attention s'il vous plaît, commence Agnès.

Les derniers mots se font à voix basse et chacun se tourne vers le capitaine.

— Nous avons pas mal avancé hier soir malgré une erreur de ma part et je vous remercie d'avoir vite et bien réagi.

Des regards complices se croisent.

— Ce n'est pas la première fois hélas qu'un suspect prend la fuite vers l'Espagne, mais cette fois-ci, il a eu la bonne idée de passer par Biriatou, ce qui nous a permis de le photographier et de savoir à quelle heure il est passé. Le CCPD fait son travail et les polices espagnoles et basques doivent être à la recherche du fugitif. Cependant, nous avons beaucoup de choses à faire ici et la journée va être à mon avis particulièrement chargée. Je vous invite à informer vos familles après ce briefing que vous allez probablement rentrer tard ce soir.

Les agents présents sont habitués à ces imprévus mais ne peuvent s'empêcher d'échanger quelques signes réprobateurs.

— Je voudrais commencer par faire un point de la situation et vous montrer la complexité de l'affaire.

Agnès vérifie par un regard circulaire, que chacun est attentif. Un des officiers range rapidement son téléphone après avoir probablement envoyé un SMS à sa compagne.

— Voici donc un homme Benoît Sartano, président du club de surf de la Digue à Tarnos, agressé et tué d'un coup d'outil dans la nuque sur le parking de la plage. Cet outil provient du cric qu'a utilisé Jean-François Labat notre suspect, pour réparer la roue crevée de sa voiture. Crevaison volontairement provoquée par un objet tranchant qui semble être l'Opinel qu'on a retrouvé sur la victime, on devrait avoir confirmation dans la journée. Il semble que cela ait un rapport avec le « localisme », vous connaissez?

Tous hochent la tête et invitent Agnès à poursuivre montrant qu'ils ont déjà connaissance des faits.

— Notre suspect, poursuit Agnès, est auto-entrepreneur, sa boîte s'appelle Jeff Gliss. Il a tout laissé sur place et a disparu. Les recherches dans le secteur n'ont rien donné. Son domicile est désert et la porte était ouverte. Tout porte à croire qu'il y est passé chercher quelques affaires avant de disparaître.

Devant les regards étonnés, Agnès se doit d'apporter quelques explications.

— Je dis disparaître parce que mise à part la vidéo à la frontière, nous n'avons aucun élément nouveau. À cela s'ajoute la découverte d'une autre victime à moins d'un kilomètre de là, en plein cœur de la zone industrielle de Tarnos, sur le bord de la route, victime dont le suspect a pris la voiture pour s'enfuir. Il s'agit de Sonia Etchesahar que plusieurs d'entre vous connaissent suite à une affaire précédente.

Quelques sourires narquois apparaissent vis à vis d'Agnès et de sa liaison avec Laurent qui a débuté à ce moment-là. Le fait qu'elle sorte avec un syndicaliste en vue de la place de Bayonne a été un choc au sein de son service et plus largement du commissariat. Mais elle en a fait un atout pour montrer à quel point elle se fiche des conventions et du qu'en dira-t-on, tout en s'appuyant sur ses compétences professionnelles reconnues pour se faire respecter.

— Sonia Etchesahar est à l'hôpital, poumon droit perforé par un coup de couteau de face passé sous les côtes. La victime se tenait apparemment debout durant l'agression. Son diagnostic vital est engagé. Dans un coma de stade 2, selon les médecins, elle pourrait revenir à elle dans la journée. Nous devrons l'interroger et je m'en chargerai.

Nouveau brouhaha.

— Elle est actuellement surveillée par un policier en faction devant la porte de sa chambre aux soins intensifs. Tant qu'on ne connaît pas les raisons de cette agression, nous ne pouvons pas négliger la possibilité que le suspect veuille la faire taire.

Agnès perçoit quelques commentaires qui mettent en cause cette précaution.

— Messieurs, je confirme que Sonia Etchesahar sera maintenue sous surveillance policière tant que nous n'aurons pas éclairci les circonstances de son agression et formellement identifié son auteur. J'oubliais un détail qui a peut-être son importance, reprend-elle, un labrit, le chien de Sonia Etchesahar, a été retrouvé mort à quelques mètres du corps. Enfin, et c'est probablement dans toutes les têtes, Marco, le mari de Mme Etchesahar, peut devenir un problème pour notre enquête. Vous savez tous combien il est imprévisible. Je l'ai rencontré pour lui annoncer la triste nouvelle et je pensais l'avoir calmé. Mais dans la soirée, alors que je l'ai eu au téléphone, il m'a semblé particulièrement nerveux et je n'ai pas réussi à le contacter depuis. Je vous demande à tous d'être vigilants sur ce point et de le marquer à la culotte. Des commentaires ? Quelque chose à ajouter Beñat ?

— Non rien…

— Alors… Christian et Patrick, vous allez convoquer les membres du club de surf de la Digue et tenter d'en savoir plus sur Sartano. Et sur notre suspect… que les « locaux » ont menacé.

— Je convoque tous les membres du club? demande Christian. Ils sont plus d'une centaine, je me suis renseigné hier.

— Commencez par le conseil d'administration, il doit bien y en avoir un. Vous interrogerez aussi son épouse, ses voisins, bref la démarche habituelle.

— Et la serveuse du Barrel ? demande Beñat.

— On t'écoute.

— Elle reconnaît formellement notre suspect comme étant l'homme qui est entré proférer des menaces dans le bar, mais c'est tout. Elle n'a pas grand-chose à nous raconter sur ceux qui gravitent autour du Barrel. Faut dire qu'elle n'y travaille pas depuis très longtemps.

— Bon, ce n'est pas grand-chose mais on avance un peu. Je vois avec le juge pour mettre un terme à la garde-à-vue mais faudra garder un œil sur elle. Lilian, tu vas rester en contact permanent avec le CCPD et leur transmettre tous les éléments qu'on va pouvoir glaner dans la journée. C'est compris pour tout le monde ? On donne toutes les infos possibles sur le suspect à Lilian qui transmettra après m'en avoir parlé.

Tous hochent la tête.

— Moi, je vais tenter de retracer la soirée de Sonia Etchesahar. Cela me permettra d'avoir un œil sur son mari. Quant à toi Michel, tu poursuis tes recherches sur le « localisme ». Je voudrais savoir combien on a eu de plaintes à ce sujet ces dernières années et si nos protagonistes dans cette affaire ont déjà été impliqués dans ce genre de truc. Si c'est OK pour vous, on se met tous au boulot.

Chacun part de son côté, laissant Agnès seule avec Beñat.

— Alors Beñat, qu'en penses-tu ?

— Cela devrait les calmer un petit moment…

— Non, je parle de l'affaire, comment est-elle emmanchée selon toi ?

— C'est assez bizarre en fait parce qu'on a du mal à voir le mobile du crime. Une altercation qui a mal tourné ? Le problème du « localisme » ? Sonia qui se retrouve encore au sein d'une affaire… j'avoue que j'ai du mal à y voir clair.

— C'est pareil pour moi. Espérons qu'on aura des réponses ce soir.

— Toujours pas convoquée par le patron ?

— Non toujours pas, mais le voilà qui arrive.

— Bonjour ! dit celui-ci d'une voix forte et décidée. Alors cet homicide à Tarnos, on avance ?

Agnès sent bien le piège. Le patron est au courant de sa bêtise, il veut simplement l'entendre dire.

— On avance patron, on avance… se contente de répondre Agnès

— Mais encore ?

— Un suspect en cavale et…

— En Espagne ! coupe son patron.

— Oui, en Espagne mais le CCPD est sur le coup. Toute l'équipe va questionner son entourage pour mieux le cerner.

— Vous auriez mieux fait de l'arrêter à la frontière. Seriez-vous perturbée ? Je vous ai connue plus vigilante, madame Delassalle.

— Je vous ai connu moins sarcastique et plus proche de l'équipe, monsieur Duclos.

Le patron tique un peu sous le regard sourcilleux de Beñat.

— C'est mon rôle de supérieur hiérarchique de vous faire des remontrances quand c'est nécessaire.

— C'est de mon rôle aussi de vous dire que j'assume mon erreur et que vous auriez dû être là il y a cinq petites minutes. Vous auriez constaté que je m'en suis expliqué auprès de mes collègues et que je mets tout en œuvre pour rattraper cette bourde.

Duclos fixe Agnès dans les yeux, l'invitant à ne pas dépasser la limite et met un terme à l'échange.

— Bien ! On en reste là pour l'instant, mais des questions se posent au plus haut niveau. Il faudra bien qu'on y réponde.

— J'y suis tout à fait disposée patron, répond Agnès presque au garde-à-vous. Mais priorité à l'enquête n'est-ce pas ?

— Tout à fait ! Au boulot et du résultat Agnès, du résultat ! dit tout fort son patron en se tournant vers la sortie et en pointant son index vers le haut pour désigner la hiérarchie.

18

Le fleuve Jaune a lui-même, parfois, son eau limpide ; est-ce que l'homme n'aurait pas, lui aussi, quelques jours heureux ?
Proverbe chinois.

Des doigts effleurent mon torse. Je sens des seins frôler mon dos puis un corps se serrer contre moi. Un corps frais, doux et tendu à la fois. Je laisse faire, je la laisse venir, j'adore ces instants. J'en ai tellement besoin. Sans me retourner, je montre que je suis sensible aux caresses, pas besoin de me forcer. Elle l'a vite compris quand sa main est descendue plus bas que mon ventre. Ses baisers tendres parcourent mon cou, mon épaule. Sa bouche vient mordiller mon oreille et j'entends sa respiration qui accélère. Pas un mot, cela gâcherait l'instant. Quelques hésitations dans les gestes. Tout est permis, tout est possible, tout est accepté. Je ne peux plus tenir, j'ai attendu l'extrême limite, je dois me retourner.

Les yeux fermés d'abord pour laisser le seul contact physique se prolonger un peu. Puis mes yeux tombent dans les siens. Presque trop près, presque flous. Dans une grande inspiration, je prends le maximum de son odeur. Elle sent le dehors, les arbres, la mer, le bruit, l'agitation du jour. Elle m'apporte ça dans le lit comme un petit-déjeuner de parfums de vie. À mon tour de parcourir son corps. À mon tour de prendre et donner du plaisir. À mon tour de voyager sur les grains d'une peau à nulle autre pareille, si unique et si sensuelle. À mon tour de naviguer entre le sommeil et l'éveil, entre le rêve et la vie. À son tour de se laisser emporter, de se déhancher sous les frissons, de serrer ses jambes autour des miennes, d'appuyer son sexe sur ma cuisse. À nous le mélange ! À nous la folie passagère de la passion. À nous la liberté de nous enlacer dans un élan de bonheur jusqu'à son paroxysme.

Quel réveil ! Je refuse de regarder l'heure. Ça casserait ce moment magique où l'on est suspendu dans une attitude contemplative, l'esprit vagabondant parmi les images, les joies, les petits bonheurs quotidiens.

Agnès s'est reconnectée bien plus vite que moi. Elle est déjà debout, prête à repartir. Elle ne m'a toujours pas dit un mot. Je veux dire un mot qui ait un sens en dehors de ceux qui servent l'acte d'amour. Un mot qui ramène au quotidien. Rien pour l'instant. Rien qui puisse me faire descendre de mon nuage. Elle respecte le lieu et le moment. Elle fait la part des choses. Cette femme, je l'aime. Je l'aime à un point qu'elle ignore. Je l'ai dans la peau. C'est exactement ça.

« Je t'appelle dans la journée ». C'est tout ce qu'elle a chuchoté après avoir posé un baiser tendre sur ma bouche, non sans avoir caressé mon sexe en passant, au risque de réveiller mes ardeurs. Puis elle a quitté mon appartement, presque sur la pointe des pieds, comme une maîtresse qui prend la tangente. Comme si j'avais été une parenthèse, sa récréation. Je me vois tel un objet sexuel. Mais on ne dit pas à un *sextoy* qu'on va l'appeler dans la journée. Ça me rassure à peine.

Comment faire maintenant, comment aborder la suite ? Comment mettre de l'ordre dans tout ça ? Le Bangladesh, Marco, Sonia… Agnès.

J'ai la sale impression que le mal tourne autour de moi. Qu'il attend que je passe la porte de mon appartement. À cause de quoi ? De la misère du monde que je côtoie dans mes voyages syndicaux ou parce que je suis trop proche d'une femme flic, elle même en contact avec les horreurs de la race humaine ?

Marco. Mon pote seul face à l'horreur. Il a probablement besoin de moi mais en ai-je la force ? Je ne crois pas. Pas pour l'instant en tout cas. La peur me poursuit encore suite à l'aventure malheureuse que j'ai eue à Dhaka, quand ce type m'a attrapé le bras et m'a tiré de toutes ses forces vers une voiture. En plein jour, en pleine rue. Si le militant qui faisait office de garde du corps n'avait pas été là, je partais dans une bagnole vers je ne sais où. Heureusement, il a eu la présence d'esprit de pousser fortement le gars et de m'entraîner dans la courette d'un immeuble où plusieurs hommes et femmes étaient rassemblés. Les ravisseurs ont fait chou blanc et ont quitté les lieux sans même se presser. L'ambassade de France a tout de suite contacté mon syndicat et ils ont organisé mon retour le soir même. J'ai eu juste le temps de dire au-revoir à Shamir et sa famille ainsi qu'à quelques membres du syndicat. Ils étaient tous confondus, se sentant presque coupables de la situation alors qu'eux n'ont pas la chance d'avoir un garde du corps, ni de pourvoir échapper à la violence qui les menace à chaque coin de rue.

Heureux de rentrer mais frustré de n'avoir pu approfondir mes relations avec ces gens. On dit que pour tourner une page, il faut l'avoir lue. Or il me manque des chapitres, alors je continue à penser à eux et à m'investir pour apporter ma pierre à la barricade qu'ils construisent chez eux.

Ashes to ashes de Bowie, résonne dans la cuisine. C'est Agnès qui m'appelle déjà. Elle a probablement attendu d'être assez loin de chez moi pour me parler. Cette femme a des comportements étranges qui me font l'aimer un peu plus chaque fois que j'en découvre une facette.

« Désolée ». Elle me dit être désolée d'avoir écourté mon temps de sommeil. Faut pas abuser ! Elle rit. Je me sens un peu con d'avoir marché.

Bienvenue dans le monde barbare ! Elle me décrit par le menu ce qui s'est passé la veille, ses déboires, le suspect en cavale, le fait qu'elle ne sache pas grand-chose sur lui et termine bien entendu par un « t'aurais pas une idée par hasard ? Dans ton réseau quelqu'un qui l'aurait croisé, connu, professionnellement j'entends ? »

De *sextoy*, je suis passé à préposé aux renseignements. J'accepte de poser la question autour de moi. En contrepartie, elle m'envoie la photo du suspect, son nom, son activité professionnelle « à utiliser avec parcimonie et à bon escient » précise-t-elle.

Ce à quoi je réponds que Parcimonie je le connais, il est Italien mais que ne sais pas qui est Abonessian. Un Arménien peut-être ?

« Nul ». C'est en résumé sa réaction. Elle n'aime pas les blagues avec des jeux de mots. Elle préfère l'humour noir.

Sur ces mots, nous nous promettons de nous rencontrer à nouveau dans les prochaines quarante-huit heures. Ce qui nous laisse du temps pour nos occupations respectives, parmi lesquelles le surf. Oui. Grâce à un pote militant d'Hendaye qui m'a fait découvrir ce sport, j'ai développé une vraie passion. Attention, cela reste une passion du dimanche, pas une addiction. Je n'en ai ni le temps ni les compétences. Je reste un surfeur qui préfère les vagues tranquilles et longues de la plage Hendayaise à la houle forte de la côte landaise. Il m'arrive de filer direction le sud et de glisser pendant plusieurs heures d'affilée. Un *longboard* rassurant, acheté à mon pote Xan, qui me fait vivre depuis deux ans des sensations inconnues jusqu'alors. J'ai donc décidé, pour repartir du bon pied, maintenant que je suis rentré, de m'adonner aujourd'hui à cette nouvelle passion. Mais avant, la priorité c'est de prendre des nouvelles de Marco et d'aller aux infos sur ce Jean-François Labat, présumé tueur en série, dont je devrai taire le nom auprès de Marco. Conseil d'Agnès que je juge tout à fait inutile d'autant que Marco a déjà dû le démasquer.

19

Eau trouble ne fait pas de miroir.
Proverbe occitan.

Si la situation n'était pas aussi tendue et compliquée, rouler avec ce combi sur les routes espagnoles serait un plaisir mais Jeff reste préoccupé. Il n'a pas encore de solution. Il fuit, c'est tout. Il a réussi de justesse à échapper aux surfeurs de Mundaka et devra fuir encore et encore. Plus il y pense, plus il se rend compte que cela ne va pas durer longtemps. Il est en sursis et il subit. Ça le met mal à l'aise. La fatigue est là, alors qu'il doit rester très vigilant. À force d'étudier toutes les options, ses idées se brouillent et il n'aime pas du tout cette sensation. Elle est signe de problèmes à venir, de mauvaises décisions, de faux pas. Tout le mène à une impasse.

D'un seul coup, après avoir passé Guernica, il prend un chemin à droite au hasard, sans calcul. De l'asphalte il passe au chemin de sable. Il continue et s'enfonce lentement dans une forêt de résineux. Il bifurque à droite, puis à gauche sur des sentiers de plus en plus étroits, dans des lieux de plus en plus isolés et sombres. L'ombre des arbres et le temps nuageux y contribuent fortement. Il entre dans ce bois, comme on entre dans une tanière, à l'abri du monde, en repli.

Bloqué au bout d'un sentier par un sapin couché, il stoppe le moteur, s'adosse un instant au siège et, levant les yeux au plafond, porte les mains à son visage. Les yeux fermés, il se concentre un instant, tourne et retourne le problème dans sa tête prête à éclater. Deux coups de poing contre le dossier du siège passager lui permettent de faire baisser un peu la tension qui le bloque, qui l'empêche d'y voir clair. Il se sait bientôt pris dans les mailles du filet et l'idée de s'y confronter fait petit à petit son chemin. Il se voit enfin prendre son destin en main, être à l'initiative, lui qui a toujours été le subordonné, l'exécuteur de basses besognes, lui qui fuit ses propres angoisses. Il ne va pas se laisser prendre sans accomplir quelque chose de fort, sans se rebeller aux yeux du monde. Il va enfin passer dans la lumière des projecteurs. Montrer au monde qui l'entoure qui sont ces gens qui le soumettent depuis tant d'années, montrer les coulisses d'où l'on tire les ficelles. Il s'était tu, il va agir et parler. Dans cet ordre, car c'est le seul qu'il connaisse. Mais pour cela, Jeff réalise qu'il doit s'armer de confiance. Ne pas se laisser envahir par ses pulsions, se maîtriser. Tout comme il est capable de s'endormir en s'enfermant dans sa bulle protectrice, il doit être capable de gérer sa peur, ses colères, sa violence. Aller là où personne ne l'attend. Tous le voient en fuite, lui ira à leur rencontre. Ne pas s'échapper devant la vague, ne pas se retirer face à la hauteur d'eau qui noue les tripes. Ne pas craindre la chute ni la mort. Ne pas hésiter et se préparer à se lever, d'un bond, en parfaite harmonie avec son corps et les éléments qui l'entourent. Accompagner la vague, non pas pour la dompter, mais pour lui montrer qu'elle ne vous submergera pas, que vous ne la craignez pas, bien au contraire, vous vous jouez d'elle comme elle a voulu se jouer de vous.

Sa décision est prise, sans hésitation. Il va retourner en France, revenir sur ses pas et nettoyer. Pas réparer. Réparer est impossible. Nettoyer oui, peut-être. Mais quand on n'a rien à perdre, on prend le risque. Le risque de se faire prendre avant d'avoir nettoyé. Car après, ça n'aura plus d'importance.

Abandonner ce combi, braquer une autre voiture et foncer par les petites routes vers la frontière. Plus rien ne changera sa décision. Rien ne pourra l'arrêter. Il ne subit plus, il passe à l'offensive.

Jeff se sent plus léger. Un frisson parcourt sa colonne vertébrale. Il se sent comme un homme nouveau. Pour accompagner cet élan et permettre à son corps d'assumer pleinement cette nouvelle décision, il se poudre à nouveau le nez. Un petit rail léger.

Il s'enfonce maintenant à pied dans la forêt sans se soucier d'être vu. Il est bien. Il entend une voiture passer au loin, emprunte les sentiers au hasard et aperçoit soudain un 4X4. Ses vitres sont embuées. Il s'approche discrètement et devine vite ce qui se passe dans le véhicule. Un couple y fait l'amour. Certainement illégitime pense-t-il. Il reste un petit moment à les observer sans que cela lui procure quelque excitation. Il les trouve assez vulgaires. Un gros monsieur aux fesses flasques s'agite sur une femme frêle qui ne paraît pas très impliquée. Il ouvre la portière arrière. L'effet de surprise est total. L'homme, lourdaud et ventru, tente de remonter son pantalon en invectivant Jeff qui reste stoïque. La femme, bien plus jeune, est sortie par l'autre portière et a pris la fuite dans le bois en baissant sa mini-jupe. Jeff esquisse un sourire devant ce tableau avant de réaliser que l'homme s'est planté devant lui et le dépasse d'une bonne tête. Finissant à peine d'ajuster son pantalon, il montre une véritable animosité, mais n'a pas eu le temps de prononcer une phrase complète. Jeff est passé dans son dos et lui a tranché la gorge avec le fil de sa lame. Le gros type porte ses mains à son cou et s'effondre dans un bruit bizarre de souffle et de sang mêlés qui tentent de s'échapper par l'ouverture béante de la blessure. Jeff monte dans le véhicule, suit le sentier en recherchant la femme puis abandonne en retrouvant la route. Il les revoit tous les deux s'agitant à l'arrière de cette voiture qui sent encore la sueur et les effluves sexuels. « Les gens sont imprudents » pense-t-il.

Personne alentour, ni sur son chemin. Tout va bien. Cette caisse puissante et luxueuse ne pouvait appartenir qu'à un bon bourgeois frimeur. Jeff déteste ces personnes, trop souvent croisées dans le milieu où il exerçait ses talents. L'assassinat de son propriétaire ne lui semble pas plus justifié pour autant. Il a fait ce qu'il avait à faire, c'est tout. Grâce au GPS très élaboré de ce 4X4, Jeff parvient à utiliser des routes secondaires car il craint de rencontrer du monde aux péages d'autoroutes. Amorebieta puis Durango où il s'arrête pour entrer rapidement dans un magasin de prêt-à-porter. Il opte pour un jean, une chemise blanche, une veste en toile gris-souris et une paire de chaussures mal assorties mais ils n'avaient que celles-là en pointure quarante-cinq. Il sera plus discret qu'avec son *board-short* et son tee-shirt sales.

Il passe Tolosa puis Leitza. De l'autoradio sort un rock basque puissant. Il reconnaît l'air de « Lehen Biziko Bala », interprété par le groupe Negu Gorriak et son chanteur mythique Fermin Muguruza, diffusée par EITB, Euskal Irratia. Il cherche une station française dans l'espoir d'obtenir quelques informations sur une éventuelle chasse à l'homme dont il ferait l'objet. Les stations de Radio France étant inaccessibles, il essaie en vain de suivre les infos sur les radios en langue basque et en langue espagnole. Aussi bien les unes que les autres lui sont inaudibles en raison du débit ultra rapide des commentateurs et autres journalistes. Il laisse cependant filer Radio Euskadi dans le but de percevoir un mot, un nom. Ce n'est qu'au bout de quelques minutes que Jeff perçoit son nom à la radio. « Yan François Labat » suivi de « Mundaka » et « Volkswagen ». Il a donc une légère longueur d'avance mais la prudence s'impose. Il ne peut se résoudre à être arrêté avant d'avoir accompli la mission qu'il s'est donnée.

Après Ezkurra et Zubieta, il arrive à Doneztebe où il s'arrête dans une station-service. Après un passage aux toilettes où il s'est à nouveau poudré le nez, Jeff consulte une carte et décide de passer la frontière entre Etxalar et Sare. Peut-être, pense-t-il, qu'à cet endroit seules les palombes tombent dans les mailles du filet.

Alors qu'il hésite un instant à mettre de l'essence dans le 4X4 certainement signalé, il aperçoit une femme d'une cinquantaine d'années qui engage sa Renault Talisman près d'une pompe.

Une belle femme dans une belle bagnole, ça ferait un bon laissez-passer.

20

Le poisson a confiance en l'eau, et c'est dans l'eau qu'il est cuit.
Proverbe créole.

La nouvelle tombe. C'est Beñat qui est entré en trombe dans son bureau pour la lui annoncer. Une autre agression a eu lieu à Mundaka. Un surfer habitué de la plage. Coup de poignard dans l'abdomen. Il va s'en sortir parce qu'il a ameuté ses potes qui n'étaient pas loin. L'agresseur a pris la fuite avec le combi Volkswagen de sa victime. Quant à la voiture des Etchesahar, le Renault Espace, il a été incendié non loin de là sur les hauteurs. La victime dit que le type est grand et costaud, pieds nus, *board-short* et tee-shirt sales, les yeux rougis. La police espagnole est sur les dents, barrages routiers, herses, Guardia Civil, Ertzaintza, tous les corps sont mobilisés. Labat est devenu l'ennemi numéro un. Ils ont même fait décoller un hélico. Ils cherchent le combi

Volkswagen. La presse devrait en parler dans les minutes qui viennent.

Agnès accuse le coup. Elle s'était levée quand Beñat est entré, sentant que quelque chose d'important se passait. Mais elle se laisse littéralement retomber dans son fauteuil dont les roues crissent sur le carrelage.

Mauvaise nouvelle, très mauvaise nouvelle. Un nouveau crime a été commis, il aurait pu être évité si Labat avait été interpelé à la frontière. Il lui a échappé et continue son forfait. Grave. La situation est grave. Ce n'est pas seulement parce qu'il tue en série mais parce qu'on lui a permis de le faire. Parce que son signalement n'a pas été donné à temps à la police aux frontières ni au CCPD.

Le téléphone sonne. Agnès est convoquée immédiatement chez Duclos, le patron. Pas le choix. Elle y va et passe devant ses collègues de la PJ, sortis de leurs bureaux pour l'occasion. Celle de voir la tronche d'Agnès qui va au falot se faire allumer par le daron.

Elle ne montre rien. Aucune animosité ni inquiétude. En silence, elle monte à l'étage par l'escalier métallique au centre du commissariat. Certains de ses collègues la suivent du regard, elle le sent dans son dos. Peu importe.

La porte du bureau est ouverte. De grands nuages de fumée de cigarillos empestent la pièce. Une odeur forte, insupportable, qui imprègne les vêtements. Ce n'est pas le moment de faire une réflexion à ce sujet.

En l'invitant à s'asseoir, Duclos se lève et fait quelques pas dans son dos, à la façon des profs de collège. Il n'est pas loin de la retraite et pensait finir sa carrière peinard. Agnès vient de le mettre dans l'embarras. Elle sait qu'il s'en serait bien passé et qu'il cherche les mots, il a un problème. Sans elle, difficile d'aller jusqu'au bout de l'enquête et de mettre la main sur le fugitif. Avec elle, des problèmes avec la hiérarchie, le préfet, les collègues. Période électorale oblige, la pression est plus forte et il est entre le marteau et l'enclume.

Agnès pense à l'aider puis se rétracte. Elle a une proposition en tête. De quoi montrer sa bonne volonté et satisfaire la hiérarchie.

— Je n'ai pas envie de vous sermonner, c'est inutile et ça nous ferait perdre un temps précieux, se décide Duclos, dont la verve et le ton chicaneur ont disparu. Je ne peux pas non plus considérer tout à coup que vous n'êtes pas un bon flic. Je dois simplement montrer que ce genre de conneries n'a pas lieu d'être chez nous. Surtout en ce moment, mais ça vous le savez.

— Je… tente Agnès, observant que le ton du patron est monté.

— Ne dites rien pour l'instant! coupe son patron. Deux solutions: je vous retire l'affaire et je vous mets sous la responsabilité de Beñat ou je trouve une sanction pour l'exemple et vous impose un délai pour me choper ce type. Les deux solutions vous grillent pour un moment et vous pouvez dire adieu à vos espoirs d'évolution de carrière pour les cinq années à venir, au bas mot!

— J'ai une troisième possibilité à vous soumettre.

— Cela ne m'étonne pas! répond Duclos.

— Vous m'obligez à prendre quelques jours de congés en prétextant la fatigue, vous confiez l'enquête à Beñat et vous faites savoir dans l'équipe que vous m'avez menacée de sanctions à la prochaine erreur. Double avantage, vous vous protégez des critiques de votre hiérarchie et vous m'évitez une sanction ou une mise sur la touche officielle.

— Vous me prenez pour un lapin de trois semaines ? Vous pensez que je vais croire qu'une femme comme vous est prête à laisser tomber une affaire, qui plus est quand une de vos connaissances est impliquée ?

— Justement patron ! Je suis proche de Sonia, je n'ai pas assez de recul, ça aussi c'est un bon prétexte. Et puis, je dois m'occuper de Marco Etchesahar. Je vais rester auprès de lui comme une vieille copine durant quelques jours. C'est bien non ? Vu nos effectifs…

— C'est pas con… Plutôt que de mettre un agent à le surveiller celui-là ! Je sais que vous avez quelque chose derrière la tête et n'ai pas envie de me faire enc… entuber pardon.

Agnès a entièrement confiance dans la capacité de Beñat à mener cette affaire et sent qu'elle a besoin de se rapprocher de Marco et de Sonia sans son étiquette de capitaine de la police. Elle pense qu'elle pourra ainsi utiliser ses relations personnelles. Bref, elle n'abandonne pas l'affaire, elle y entre en immersion.

— Patron. Une sanction c'est la mort de ma carrière et vous et moi, savons que cela serait dommage. Me mettre sous les ordres de Beñat, c'est nous mettre mal à l'aise tous les deux et ça ne fonctionnera pas. Tout juste cela fera rire quelques collègues, mais cela ne servira pas les intérêts de Beñat ni les vôtres si ça merde, passez-moi l'expression. Alors…

— Bon ! Laissez-moi un peu de temps, il faut que j'y réfléchisse ! Pourquoi est-ce toujours aussi compliqué avec vous ?

— Peut-être parce que les idées les plus simples ne sont pas toujours les meilleures ?

— Vous m'emmerdez ! Je vous appelle dans une heure, répond Duclos qui a ouvert la porte du bureau et par un geste vif, invite Agnès à sortir.

Elle descend les escaliers. Croise des regards inquisiteurs, se dirige vers son bureau et demande à Beñat de la rejoindre.

— Dans une heure tu reprends l'affaire.

— Mais je…

— Beñat écoute moi. Tu vas prendre l'affaire pendant que je prends quelques jours de congés. C'est calé avec le patron qui va valider d'ici une heure.

— Je vais aller le voir et…

— Non Beñat. C'est inutile. Vaut mieux faire comme ça. Il m'envoie en congés d'office, en raison de ma proximité avec Sonia, la fatigue… Bref, moi je me coltine Marco et Sonia.

— Avec un flic en moins on n'y arrivera pas, je vais aller le voir tout de suite !

— Tu n'as pas bien compris. Je serai plus utile et efficace autrement. Je vais aller aux infos, m'immerger dans ce monde des surfeurs locaux, coller aux basques de Marco, soutenir Sonia et écouter ce qu'elle a à me dire, me balader en Espagne essayer d'en savoir plus. Tu vois maintenant ?

— Je ne suis pas sûr que ce soit une bonne idée. Ce n'est pas sans risque. Tu en es consciente ?

— On n'a rien sans rien !

21

Le sang est plus épais que l'eau.
Proverbe australien.

Une douleur profonde, sournoise, occupe petit à petit son corps et son esprit. Elle ne peut pas bouger. Elle ne peut faire un seul geste. Ses membres sont inertes, sa voix éteinte, elle ne sent plus ses extrémités et l'air se fait rare dans ses poumons. La douleur se fait plus forte encore et pourtant elle n'a plus un réflexe. Elle est dans l'incapacité de crier, d'appeler à l'aide. Elle a le sentiment que c'est comme ça depuis une éternité.

La voix de Marco. Il crie mais elle ne le voit pas. Cette voix est-elle bien réelle ou est-ce un effet de la douleur qui l'envahit ? Il y a de l'agitation autour d'elle et elle souffre. Elle souffre terriblement. Ce mal occupe tout son espace, il la torture, il prend sa vie. Des voix qui se mêlent, fortes et sourdes à la fois. Vagues et inquiétantes aussi. Celle de Marco s'est perdue, s'est fondue dans ces mots criés. Elle distingue des mouvements de lumière. Une de ses paupières est ouverte en force. Un flash intensément lumineux amplifie le mal. Ce mal qui progresse. « Sonia ! Sonia ! » Elle entend son nom, la voix de Marco à nouveau. Un espoir. Elle dit « Oui ! Aide-moi ! » Mais aucun mot ne sort de sa bouche. Rien. Elle ne sait même pas si sa bouche est ouverte ou fermée. La douleur prend la place de la vie qui s'en va lentement. Ses filles sont là puis disparaissent. Elles l'abandonnent. Elle aussi les abandonne. Il ne sert à rien de résister, le mal est là. Il ronge son corps et son cerveau. Elle part.

Alors qu'il se dirige vers la porte de la chambre 207, Marco s'aperçoit qu'il n'y a plus de flic en faction. « Tant mieux ! » pense-t-il. L'infirmière confirme : « le policier est parti en début de matinée. Depuis votre frère est au chevet de Sonia.

Mais quel frère ? Je n'ai pas de frère !

L'infirmière soulève les épaules en signe d'incompréhension pendant que Marco se dirige vers la chambre.

En ouvrant la porte il est bousculé par un homme dont il n'aperçoit que le buste, sa tête étant bien au-dessus de la sienne. Un coup d'épaule violent le pousse en arrière, l'obligeant à saisir les montants de la porte pour ne pas tomber. L'homme se précipite vers la sortie de secours qui donne sur un escalier extérieur en bout du couloir. Affolé, Marco s'élance au chevet de Sonia et constate avec stupeur qu'une tache de sang envahit le drap supérieur. Elle s'étale très vite épongée par le matelas. Sonia ne bouge pas. Elle est inerte. Marco appelle à l'aide en hurlant. Deux infirmières arrivent, soulèvent le drap, constatent une plaie vive au thorax, près du cœur. Toutes les perfusions ont été arrachées, l'assistance respiratoire aussi. Sonia est comme un pantin dont on a coupé les fils. Sans vie et tellement humaine. Marco colle les paumes de ses mains sur la plaie mais il est vite dégagé par deux autres infirmières alertées par leurs collègues. Obligé de s'écarter pour les laisser intervenir, il hurle le nom de sa femme. Les infirmières et le médecin de service le dissuadent de les suivre et restent fermes.

Le front posé contre un mur du couloir, il les laisse agir, se ressaisit et fonce à l'escalier de secours. Il dévale les marches risquant de glisser plusieurs fois. Il cherche et cherche encore, scrutant les moindres déplacements de personnes, les voitures, tout ce qui peut le mettre sur la piste de cet homme. Sans succès. L'espace autour de l'hôpital est bien trop vaste, il y a trop de voitures sur les parkings. Il y a trop de monde qui circule à l'extérieur comme à l'intérieur. Il y a trop d'endroits où se cacher. Même pour un homme aussi grand.

Au pied des escaliers, Marco est sous le choc. Observant ses mains, rougies par le sang de Sonia, il s'effondre, se laisse lentement tomber au sol et allongé sur le dos, l'enfilade des étages de l'hôpital pour horizon, il est secoué de sanglots. Un passant s'arrête et se penche au-dessus de lui. Marco perçoit une voix lointaine et sourde. D'autres arrivent avec deux infirmiers qui le lèvent lentement et le portent à l'intérieur. Marco, ne peut arrêter de pleurer. Il a porté ses mains à son visage, le maculant de sang. Il se sent au bord de la folie et se laisse glisser. Une piqûre au bras et soudain il se sent faiblir et s'abandonne.

22

Dans 47 % des cas, les vagues s'améliorent une fois que vous êtes parti.
Conseil de surfeur – *Magazine Surf session.*

Une heure. Agnès a une heure pour amasser le maximum d'informations sur le suspect. Elle veut vérifier si la jeune serveuse du Barrel n'est pas en possession d'informations importantes pour l'enquête.

Avec beaucoup d'attention, elle demande d'abord à la jeune femme si elle se sent bien, l'appelle par son prénom, s'approche d'elle, la met en confiance pas seulement par intérêt pour l'enquête mais aussi parce qu'elle ressent de la sympathie pour cette personne.

L'avocate demande à la jeune femme de répondre aux questions sans détour, l'invitant à se débarrasser de toutes les pressions éventuelles de la part des surfeurs qu'elle côtoie.

— C'est la première fois ?

— La première fois?

— Oui, est-ce la première fois que vous avez à faire à la police?

— Euh… oui.

— Détendez-vous, je veux juste échanger un peu plus avec vous.

La jeune femme s'avère plus coopérative. Elle donne des détails sur l'échange qu'elle a eu avec la victime avant que n'apparaisse l'agresseur qu'elle affirme ne pas connaître. Ils ont discuté de la saison qui s'annonce, de l'avenir des écoles de surf du coin, de l'aménagement de la plage avant que le Gobie n'apparaisse.

— Le Gobie c'est un surnom, ça?

— Oui, c'est le surnom de Jean-François Labat

— Ah! Deux secondes je vous prie…

— Agnès passe dans le bureau de Beñat

— Le Gobie… tu connais?

— Non.

— Tu ne connais pas?

— Non.

— C'est notre suspect, Jean-François Labat!

Agnès ressort du bureau assez fière de son coup et se replace devant la jeune femme.

Cette dernière se ronge les ongles. Agnès remarque les peaux arrachées jusqu'au saignement et les nombreuses cicatrices autour de ses doigts. Une forme d'automutilation.

— Parlez-moi un peu de la victime… vous la connaissiez bien?

— Un homme sympathique, habitué du bar mais qui boit très peu. Surfeur et président du club de surf.

— Et un… comment dit-on déjà un Gom's ?

— Ah non ! les Gom's ce sont ceux qui ne sont pas du spot. Benoît et ses potes ce sont des locaux. Mais je vous l'ai déjà expliqué.

— Oui désolée mais il faut recommencer car j'ai du mal à bien comprendre. Les locaux, ce sont les surfeurs qui pratiquent le spot de la Digue, c'est ça ?

— Je ne suis pas spécialiste du surf, mais le spot c'est l'endroit où il y a les meilleures vagues. Ils sont un peu les gardiens du spot, quoi.

— Ah oui… Les gardiens du spot… pourquoi ? Ils ont peur qu'il disparaisse ?

— Non bien sûr, mais ils font en sorte que tout le monde ne vienne pas y surfer.

La jeune femme montre des signes d'agacement devant des questions aussi naïves.

— Et comment font-ils ?

— Ils demandent aux surfeurs qui ne sont pas des « locaux » d'aller surfer ailleurs.

— Et comment demandent-ils ?

— Bah… Ils…

— Ils menacent ?

— Un peu parfois…

— La victime a menacé quelqu'un hier soir ?

— …

— Je vous en prie, vous n'allez pas vous arrêter en si bon chemin !

La jeune femme retient des sanglots. Agnès juge le moment opportun pour arracher quelques informations. Elle lui tend un mouchoir en papier et poursuit.

— Allez, soulagez-vous, dites-moi tout.

La jeune femme raconte comment les locaux crèvent les roues de ceux qu'ils appellent les « gom's ». Les menaces directes qu'elle entend souvent au comptoir du bar. Les surfeurs qui se vantent d'avoir frappé d'autres surfeurs quand ils refusaient de quitter le spot. Elle explique avoir peur des représailles pour elle et pour le bar. D'après elle, son patron, surfeur également, n'appréciera pas ce déballage.

— Écoutez. Nous n'allons rien dévoiler de cette affaire. Nous sommes en pleine enquête et vous comprenez que c'est très sérieux. Nous allons également entendre votre employeur, monsieur Aguerre je crois.

— Oui c'est lui.

— Il se rend au restaurant régulièrement ?

— Oui, il fait l'ouverture le matin à 10 h jusqu'à 14 h et je prends le relais jusqu'à 22 h.

— Et Benoît Sartano, il est souvent mêlé à des altercations avec les fameux « gom's » ?

— Oui, bien entendu, répond la jeune femme dans un souffle de lassitude, finalement décidée à tout déballer. Il est même… enfin il était le leader des locaux de la Digue. C'est lui qui encourageait les autres surfeurs à faire pression sur les Gom's. C'est aussi lui qui décidait qui était un Gom's ou pas. Sa position de président du club de surf lui donnait une certaine autorité. Il régnait sur la plage en quelque sorte. Les écoles de surf installées ici lui doivent beaucoup de pouvoir enseigner. Je ne sais pas quelles sont les contreparties, mais il est incontournable, même auprès des services de la mairie. J'ai même vu des élus le saluer et discuter avec lui. Il propose des aménagements pour l'accès des handicapés à la plage.

Honnêtement, je pense que c'est plus un faire-valoir qu'une véritable action de solidarité, mais ça n'engage que moi. Sans aller bien loin, les tags sur les panneaux de signalisation et les murs, tout le monde sait d'où ça vient. Vous voyez un peu plus clair maintenant ?

— Oui, bien plus clair. Cet homme était donc une personnalité locale importante et reconnue. Je comprends mieux l'agitation autour de son décès…

Et le Gobie alors ? Une connaissance ?

— Non, j'avais entendu parler de lui comme tout le monde et c'est hier soir que j'ai découvert son visage. C'est le Tourteau qui m'a donné son surnom.

— Le Tourteau ? Décidemment ! Qui est le Tourteau ?

— Benoît Sartano, c'est son surnom.

— Beñat ! crie Agnès en ouvrant la porte de son bureau.

Celui-ci se précipite.

— Le Tourteau, tu connais ?

— Tu as l'intention de m'interroger sur toute la faune marine ?

— C'est Benoît Sartano ! Agnès referme la porte du bureau après avoir fait un clin d'œil discret à Beñat.

— Maurine, Sonia Etchesahar, vous connaissez ?

La jeune femme écarquille les yeux.

— Oui, c'est la tante d'une copine. Elle travaille au Surf Shop.

Agnès ne cache pas sa surprise.

— Elle et son mari ont eu des problèmes il y a peu, mais vous devez être au courant, reprend la jeune femme.

— Oui en effet. Selon vous, y a-t-il un lien entre Sonia Etchesahar et Benoît Sartano ?

— Écoutez, je ne comprends pas bien vos questions. Je pense que Benoît Sartano la connaissait comme la plupart des surfeurs d'ici connaissent les gens qui travaillent au Surf Shop de Tarnos.

— Sonia Etchesahar a été retrouvée grièvement blessée pas très loin de la digue, suite à une agression. Si vous savez quelque chose d'une éventuelle relation, d'un lien entre Benoît Sartano et Sonia Etchesahar, c'est maintenant qu'il faut me le dire. C'est hyper important.

— Non madame, à ma connaissance, ils n'ont aucune relation particulière. C'est tout ce que je peux vous dire.

Agnès fait relire et signer sa déclaration à la jeune femme et la libère, non sans l'accompagner jusqu'à la sortie du commissariat.

Elle entre dans le bureau de Beñat et sans plus de formalités lui dit :

— C'est quoi un gobie ?

— C'est un petit poisson qui se tapit au fond et avance plus en rampant qu'en nageant.

— Tu veux dire que ce type touche le fond et ne sais pas nager ?

— Ça se pourrait bien.

— Ce n'est pas l'impression qu'il me donne pour le moment. Bon, moi je vais faire quelques photos.

L'air frais de l'océan la revigore un peu. Avant d'entrer dans le bar-restaurant, Agnès a fait un tour du parking pour photographier les inscriptions hostiles aux Gom's sur les murs, la route et les panneaux de signalisation. « Go home » est celui qui revient le plus souvent. Cela lui rappelle des inscriptions vues dans les manuels d'Histoire à propos du Vietnam. Mais ici il ne s'agit pas de « US Go Home » mais du rejet de tous ceux qui n'appartiennent pas au spot de Tarnos. Agnès se demande si ces surfeurs ne surfent qu'ici, sans jamais connaître d'autres vagues, d'autres lieux, d'autre environnement.

Un petit tour devant la petite plage couverte de bois flotté pour humer l'air iodé et s'en remplir les poumons, lui permet de vérifier qu'un homme l'observe depuis le bar-restaurant.

Entrée dans le Barrel, elle s'assoit sur un tabouret au comptoir et s'adresse directement au patron qui range quelques bouteilles dans les frigos en claquant les lourdes portes.

— Monsieur Aguerre ?

— Lui-même, dit en se redressant un homme à la carrure impressionnante.

Il bombe légèrement le torse pour montrer ses pectoraux, pensant probablement comme d'autres machos que c'est à ça que les femmes sont sensibles. Ce n'est pas le cas d'Agnès. Elle ne crache pas sur un mec bien bâti mais tient en horreur ceux qui mettent leurs atouts physiques en avant.

— Agnès Delassalle, capitaine à la PJ de Bayonne, dit-elle en ouvrant bien en évidence son porte-carte mais sans lui serrer la main. Vous savez pourquoi je suis là ?

— Bien entendu. Vous avez rencontré mon employée je crois.

— Oui, elle était en garde à vue. Elle devrait pouvoir reprendre le service à quatorze heures, mais je dois vous dire qu'elle a été secouée. Par le meurtre j'entends, précise Agnès se rendant compte de l'ambiguïté de son propos.

— Je sais, elle vient de m'appeler et je lui ai donné sa journée. Je vais rester jusqu'à ce soir, répond le patron un sourire en coin.

— Hé bien comme ça, on a le temps de discuter !

— Puis-je vous offrir une boisson ? Un café ?

— Un café n'est pas de refus car les nuits sont courtes en ce moment.

Cette entrée en matière réalisée, Agnès sent chez cet homme une forme de détermination. Une force brute cachée derrière des excès de politesse et de manières. Elle a vu le décalage entre la façon dont il la surveillait quand elle prenait ses photos et son comportement depuis qu'elle s'est présentée. Le temps que le patron du bar finisse de ranger et prépare le café, Agnès sort contempler la danse des surfeurs depuis une terrasse surélevée du bar. Ils jouent avec les vagues. Des rouleaux se forment dans lesquels ils disparaissent pour réapparaître un peu plus loin et ramer à nouveau vers le large. Elle est prise d'une envie de dévaler la plage et de plonger dans l'océan pour sentir cette eau fraîche sur son corps, ce sentiment de liberté et de fusion avec la nature. Nue, oui nue, c'est ainsi qu'elle s'y voit. Une légère excitation parcourt sa colonne vertébrale et provoque un frisson dans le creux de sa nuque. Elle y pose une main et s'étire en se cambrant. « Cela serait si simple » pense-t-elle. Mais elle doit mettre un terme à ce court instant de plaisir. Alors que l'homme lui signale que le café est prêt, Agnès se dit qu'il n'y a qu'une manière de savoir ce qu'il a dans le ventre, c'est d'y aller franco mais avec le sourire.

— Vous connaissez ce phénomène qu'on appelle le « localisme » ?

— Le « localisme ?

— Oui, vous savez les « Gom's » et autres étrangers qui viennent surfer sur votre « spot ».

— J'en ai entendu parler…

— Monsieur Aguerre, ne jouez pas à ça avec moi. Il y a des inscriptions partout sur la route pour venir ici, votre bar, en est entouré et un de ses représentants, client de votre bar a été assassiné sur le parking hier soir. Alors épargnez-moi les « j'en ai entendu parler » et passons aux choses sérieuses. Qui était Benoît Sartano ?

Le patron du bar se ressaisit après avoir été plus lessivé par les propos d'Agnès que par une vague de cinq mètres. En essuyant nerveusement un verre, il accepte d'engager la discussion, tout en surveillant que personne n'approche du bar, car deux surfeurs, planche sous le bras, sont passés tout près pour lui faire un signe de la main. Agnès sent que les « locaux » surveillent.

— C'était un type bien. Bon surfeur, plutôt cool et qui parlait peu. Je le connaissais depuis longtemps. Il arrivait que l'on surfe ensemble et qu'on se retrouve ici ensuite. C'est vrai pour d'autres avec qui on partage cette même passion. Et il est devenu président du club de surf.

— Une bande de copains ?

— Oui, on peut dire ça. On surfe ici depuis notre plus jeune âge. Benoît était un des plus anciens. Il connaît la gauche de la Digue par cœur.

— Vous l'appelez Benoît mais c'est le Tourteau, n'est-ce pas ?

— Vous êtes bien renseignée.

— C'est mon métier. Alors, que s'est-il passé ? Toutes ces histoires, jusqu'à un assassinat ! Aidez-moi à comprendre.

— J'avoue que c'est dramatique. Personne ne pensait ici qu'on en arriverait à une telle situation. Quelle merde !

— L'escalade de la violence monsieur Aguerre, l'escalade. Avec l'effet de groupe, on s'engage dans un processus qui n'a plus de limite. Je veux comprendre pourquoi. Quelles en sont les causes. Expliquez-moi monsieur Aguerre.

L'homme qui se tient face à elle tremble légèrement. Il a perdu de sa superbe, ses épaules sont retombées, les paupières se sont légèrement abaissées pour contempler le bois du comptoir où machinalement il passe un chiffon. Agnès a compris que ses « copains » se défilent. Ils le laissent se débrouiller seul avec la police. Un manque de courage qui n'honore pas ces hommes proches de la cinquantaine. Le club de surf s'est même fendu d'un communiqué de presse paru le matin dans *Sud-Ouest*, rendant un vibrant hommage à son président et dénonçant ces pratiques de « localisme », tout en appelant à respecter les valeurs d'ouverture et de tolérance du surf. Le journal ouvert devant lui mettant en évidence l'article sur la mort de Benoît Sartano et l'entrefilet citant le communiqué du club, Aguerre se sait lâché par ses amis et n'aura donc aucun scrupules à parler.

Durant près d'une heure, il explique à Agnès, comment, s'inspirant de pratiques sur d'autres sites dans le monde, mais aujourd'hui révolues pour la plupart, une bande, de jeunes au départ puis d'hommes adultes, jouissant d'une certaine notoriété dans la ville, s'est appropriée le spot de la Digue. Il explique le lien viscéral à cette plage et à ce lieu. Un lien qui remonte à l'enfance et qui trouve sa source dans la culture de la glisse portée à l'origine par ceux qu'on appelle « Les tontons du surf ». Ils ont introduit cette pratique sportive à Biarritz et aux alentours à une époque où il y avait moins de touristes qu'aujourd'hui. Il fait ainsi un bref historique pour justifier des comportements qui vont jusqu'à des agressions physiques pour préserver leur possibilité de surfer sans être gênés par d'autres surfeurs étrangers ou moins expérimentés. À aucun moment, Aguerre ne s'implique personnellement dans les actions du groupe. Il raconte, comme s'il en était le spectateur.

— Une explication qui a dû très mal tourner, conclut Aguerre.

— Oui mais si ça explique la fuite du criminel, ça n'explique pas les coups portés à Sonia Etchesahar laissée entre la vie et la mort en plein cœur de la zone industrielle, répond Agnès

— Sonia ? C'est Sonia qui a été… Aguerre ne cache pas sa surprise.

— Vous la connaissez ?

— Bien entendu. Elle travaille au Surf Shop. Une fille vraiment super.

— Son mari ?

— Je ne le connais pas. Aux beaux jours, elle fait un tour sur la digue le soir et s'arrête parfois boire un thé.

— Seule ?

— Oui seule.

— Elle a un lien quelconque avec Benoît Sartano ?

— Non, pas à ma connaissance.

— Avec le « localisme » ?

— Non plus. Je ne vois pas comment. Elle vend des articles de glisse mais ne pratique pas. Son mari non plus je crois. Quoiqu'on m'a dit qu'il est venu une fois avec sa biscotte.

— Sa biscotte ?

— Oui, un body-board si vous préférez. Ce n'est pas du surf mais ça reste de la glisse.

Au ton dédaigneux d'Aguerre, Agnès comprend que ce n'est pas une activité reconnue par les surfeurs.

— Ça n'explique toujours pas cette violence, lâche-t-elle, espérant une réaction voire une confidence.

— Ça n'explique pas... répond Aguerre dans un souffle de lassitude.

Agnès sursaute lorsque la sonnerie de son portable retentit, elle pensait l'avoir mis sur vibreur. Son interlocuteur en profite pour vaquer à d'autres occupations derrière le comptoir. C'est un de ses collègues restés au bureau.

— Comment quelqu'un a t-il pu agresser Sonia ? On a bien un collègue en faction devant sa piaule, non ? demande Agnès en marchant vers la digue.

— Non, il était parti.

— Comment ça parti ? J'ai dit qu'on laissait quelqu'un sur place tant qu'on n'a pas chopé le suspect ! Qui lui a dit de partir ?

— C'est le patron. Quand vous avez quitté le bureau, il est venu aux nouvelles et a fait un point des effectifs disponibles. Beñat a forcément parlé du planton de l'hôpital... C'est là qu'il a donné l'ordre de le faire rappliquer au commissariat illico et je te passe les commentaires sur le fait qu'on n'a déjà pas grand monde, etc.

— Passez-moi Beñat !

— Il est parti voir un témoin...

— Et voilà ! La connerie de la police dans toute sa splendeur ! Un patron qui panique ça fout toujours la merde !

Agnès prend conscience de ses propos grossiers et se ressaisit.

— Je parie qu'on va encore porter le chapeau ! Ce n'est pas possible… Je rappelle !

Un suspect en cavale, deux morts, Sonia à nouveau agressée, aucune nouvelle de Marco et un patron qui fait n'importe quoi. De quoi vous démolir les synapses et vous envoyer rejoindre la masse des dépressifs. Agnès ne sait pas faire semblant, elle reste entière.

Aguerre a vu la capitaine faire les cent pas et a senti le malaise. Il veut en tirer profit dès qu'elle rentre dans le restaurant.

« Mauvaise nouvelle ? » Agnès acquiesce mais ne s'étend pas. Aguerre tente d'en savoir plus en brodant sur les métiers de la police, la difficulté des enquêtes, celle-ci qui s'annonce compliquée. Agnès n'est pas dupe mais accepte quand même un autre café, faisant en cela une nouvelle entorse à sa propre déontologie. Sans écouter les propos du patron du bar, elle réfléchit à la situation et pense qu'il est temps d'empêcher que tout parte en vrille.

23

Tu dois vivre dans le présent, te lancer au-devant de chaque vague, trouver ton éternité à chaque instant.
Henri-David Thoreau.

Ses yeux s'ouvrent sur un néon et il se lève d'un bond. Vertige. Il se tient au bord du lit. Le box sent les produits désinfectants. La porte est entrouverte et lui permet de voir les va-et-vient des personnels de l'hôpital. Il quitte la pièce discrètement et trouve rapidement une sortie. Direction le deuxième étage, service de chirurgie viscérale, il se guide de mémoire dans le dédale de couloirs. Deux infirmières boivent un thé dans leur salle de repos. Étonnées de voir cet homme au tee-shirt taché de sang, elles ont un réflexe de recul avant de s'apercevoir qu'il tient à peine debout. En accourant pour l'aider, elles reconnaissent Marco et l'invitent à les suivre, en lui prenant les bras. Sa tête tourne, sa respiration est courte et il a du mal à articuler. Ses idées se bousculent. Il voudrait expliquer sa présence à ces femmes, leur demander où est Sonia. Mais que faudrait-il leur expliquer se demande Marco ? Faudrait-il tout raconter depuis le début ? Leur rencontre, leur désir l'un pour l'autre, leurs enfants et cette terrible histoire ? Dire qu'ils ne se comprennent plus, qu'un fossé se creuse chaque jour un peu plus. Expliquer quoi ? Qu'il est là, dans cet hôpital et qu'il ne sait pas quoi faire pour la sauver, pour les sauver. Il veut tout simplement rejoindre Sonia. Il n'y a que ça qui compte à l'instant présent.

Il baragouine quelque-chose que les infirmières ne comprennent pas bien. Elles lui conseillent de se calmer et de s'asseoir. Il comprend dans leurs propos que Sonia est en soins intensifs. Il doit attendre.

Ses tempes cognent dans un mal de tête puissant. Son rythme cardiaque s'emballe, il ne supportera pas cette attente. Profitant d'une courte absence des infirmières, zigzagant entre les murs des longs couloirs, trébuchant ici et là, il rejoint l'ascenseur d'un pas rapide, direction le sous-sol. Là, s'appuyant sur les murs comme un ivrogne, il tente de trouver le service des soins intensifs. Un homme de grande stature se plante au milieu du couloir, le regard interrogatif. Marco est perdu, les yeux dans le vide et la tête ballante. Il stoppe net sa course devant cet impressionnant gabarit. Balbutiant entre deux expirations, les lèvres sèches, il tente de demander des nouvelles de Sonia quand tout à coup, il réalise que cette silhouette correspond à l'homme qui a agressé sa femme. Au risque que son poids plume se fracasse sur ce colosse, il se donne de l'élan contre une porte et fonce tout droit avec la ferme intention de le faire tomber. La tête en avant, dans une démarche déséquilibrée, il s'enfonce mollement dans le ventre du type qui le saisit par un bras pour l'envoyer s'écraser contre un Stryker qui se trouvait là. Les faibles réflexes de Marco ne lui ont pas permis de se protéger et c'est son menton qui est venu frapper une des barrières du brancard. Il a senti ses dents claquer, peut-être même se casser. Sa nuque s'est pliée en deux et la chute sur le sol a fait éclater sa lèvre inférieure et son nez. Il tente de se retourner, au moins pour voir où est le type. Il bascule sur le flanc, quand un coup de pied terrible lui enfonce l'estomac. Il éructe une glaire bileuse. Les yeux exorbités par la douleur, dans la position du fœtus, il attend les coups qui vont suivre, incapable du moindre mouvement.

Des cris, une agitation autour de lui mais pas de nouveau coup. Son souffle revient lentement, il ouvre les yeux et, dans une vision trouble, distingue deux hommes accrochés à son agresseur, comme deux pantins qui valdinguent à droite et à gauche. Ils finissent par le faire tomber avec eux, mais avant qu'ils ne réalisent, le gars s'est relevé et a disparu derrière deux portes battantes.

Pendant qu'un des infirmiers se penche sur Marco, l'autre appelle la sécurité. Ils lui viennent en aide, conscients de son état. Mais pour Marco, ce n'est pas l'essentiel. Ces hommes savent-ils que l'homme qui les a agressés est celui qui a voulu tuer sa femme? Il hurle et se débat dans un ultime effort, obligeant les infirmiers à le maîtriser. Son seul objectif est de rejoindre Sonia. Être auprès d'elle, la toucher, la protéger, la réconforter, prendre sa douleur ou du moins la partager. Il oscille entre la sensation d'ivresse et l'abandon de soi.

La sécurité et les secours arrivent. Chacun raconte, on s'agite, on cherche à comprendre et on comprend. Tous s'inquiètent que cet homme soit entré dans l'hôpital. Il y est peut-être encore. La sécurité appelle la police.

Marco a été allongé sur un Stryker. Il souffre, parle tout seul, invite tout le monde à poursuivre le salaud. Il tente d'expliquer encore qu'il veut voir Sonia et ne comprend pas pourquoi personne ne lui répond. Il n'a plus la force.

Ramené aux urgences, case départ, il a le sentiment de faire un pas en avant pour deux pas en arrière. Il est sous perfusion. Calmants, antidouleurs, la totale. Le goût de sang a disparu de sa bouche. Il apprend qu'il a perdu une dent. Une canine. Des picotements au menton et il sent un pansement épais. Puis, le tâtant avec deux doigts, rencontre l'ecchymose. Un peu plus bas, le plastique rigide de la minerve lui rappelle sa douleur vive à la nuque. Son moral est au plus bas, des larmes coulent lentement sur son visage et il s'endort.

Un médecin le réveille.

— Monsieur Etchesahar.

Marco réalise lentement qu'il va pouvoir enfin demander des nouvelles de Sonia. Il fixe le médecin, l'air un peu hébété.

— Vous ne vous en sortez pas trop mal. Vos cervicales ont bien résisté, mais il va falloir faire très attention dans les prochains jours. Pour la dent cassée on a fait le minimum, faudra passer chez votre dentiste. Pour le reste, deux points de sutures sous le menton et différentes contusions. Vous vous sentez comment ?

Marco refuse de comprendre cette question. Il n'est pas dans la même histoire que ce toubib. Il n'a ni les mêmes préoccupations ni les mêmes priorités. Sa question à lui est de savoir comment va Sonia. Il met un temps à répondre car il cherche la phrase la plus appropriée. Ou plutôt, la plus polie. Celle qui ne va pas bloquer le médecin. Tout ça va très vite. Toujours un peu dans le brouillard, Marco a l'impression d'avoir laissé le toubib sans réponse pendant de longues minutes mais, étonnamment, ce dernier ne bronche pas et attend sans montrer de signe d'impatience.

— On se fout de ce que je ressens ni de comment je vais. Ce qui est important aujourd'hui, c'est comment va Sonia, ma femme ! Tu le comprends ça ?

Chassez le naturel et il revient au galop. Tout ce temps de réflexion pour ça.

— Votre femme ?

La question/réponse qu'il ne fallait pas donner.

— Sonia Etchesahar qui a été agressée deux fois dont une ici, à l'hôpital, c'est ma femme. Où est-elle et comment va-t-elle ?

Marco a prononcé ces mots sans hausser la voix mais sur un ton particulièrement menaçant. Le médecin, certainement lassé de voir autant d'individus si peu respectueux chaque jour, affiche une sorte d'indifférence qui agace un peu plus Marco.

— Je dois répéter la question ? Réitère ce dernier.

— Non monsieur Etchesahar, j'ai très bien compris votre question. Par contre, je ne comprends pas pourquoi vous vous montrez aussi agressif. Je ne savais pas qu'il s'agissait de votre femme, voilà tout. Nous ne pouvons pas tout savoir sur tous les gens qui passent dans cet hôpital, même si nous y sommes très attentifs, je dirais même attentionnés.

Marco avale une boule de salive et laisse le toubib poursuivre.

— Votre femme vient de quitter le bloc. Je ne vous cache pas que l'intervention a été très compliquée et particulièrement délicate compte tenu de la proximité de l'opération précédente.

— Soyez plus clair.

— Hum... Votre épouse est dans un état très instable. Nous la gardons en observation aux soins intensifs. Vous pourrez la voir peut-être quelques petites minutes, mais je pense qu'il est prématuré d'aller au-delà.

— Qu'est-ce qu'elle a exactement?

— Elle a été à nouveau poignardée dans le poumon gauche, à proximité du cœur, au point qu'une aorte a été, heu... comment... fragilisée. Mon confrère chirurgien, le docteur Hardy, a dû la consolider. Pour cela elle a subi une intervention chirurgicale lourde.

— Lourde?

— Oui, il a fallu ouvrir la cage thoracique.

Marco reste bouche bée. Ses yeux se ferment comme pour refuser de voir cette image. Trop tard. Elle est là et ne le quitte pas.

— Elle va s'en sortir? Je veux dire, comment elle va s'en sortir?

— Trop tôt pour répondre.

— Répondre à quelle question? Vous me faites peur.

— Hélas, aux deux questions. Désolé.

Marco serre les dents. Il retient un cri.

— Et le salopard qui a fait ça, quelqu'un l'a chopé?

Il pose cette question pour revenir dans la conversation, dans la réalité, pour ne pas lâcher prise.

— Aux dernières nouvelles, la police poursuit ses recherches. Je ne peux pas vous en dire plus.

— Je peux m'en aller d'ici ?

— Pas pour l'instant. Vous êtes trop fragile. Un policier est en faction devant votre chambre. Un autre est affecté à la surveillance de votre épouse. En attendant, reposez-vous.

« Reposez-vous ! » se répète Marco.

24

Une passion si complètement centrée sur soi refuse le reste du monde, comme une eau limpide et calme filtre toutes les matières.
Virginia Woolf – *Les Vagues.*

— Bon, maintenant, on arrête les conneries !

Duclos n'avait jamais vu Agnès dans cet état. Faut dire qu'il s'y attendait un peu quand même. Mais la voir entrer furax dans son bureau et parler comme une charretière, ça non, il ne s'y attendait pas.

— Je ne pars plus en congés et je veux une équipe renforcée au plus vite !

— Holà ! Agnès. Calmez-vous je vous prie.

— Me calmer ? Me calmer oui, c'est ça. Il faut que je me calme, pendant qu'un tueur se promène tranquillement dans l'hôpital de Bayonne, dézingue Sonia Etchesahar pour la deuxième fois, bousille son mari après avoir commis, je vous le rappelle, un meurtre à Tarnos et une tentative de meurtre en Espagne ! Oui, c'est ça, faut rester calme.

— Oui, Agnès. Il faut rester calme, prendre du recul et analyser la situation. D'autant que vous n'êtes pas trop en position de force… si vous voyez ce que je veux dire. Quant à ce Marco Etchesahar, il commence à me courir ! Vous ne deviez pas le surveiller celui-là ?

— Ne vous foutez pas de moi patron. Ce n'est pas le moment. C'est vous qui avez fait retirer le collègue en faction devant la chambre de Sonia, non ?

— Oui, c'est moi et je l'assume. Match nul, on remet les compteurs à zéro.

— Mais vous êtes…

Agnès détourne son regard. Elle ne supporte plus son arrogance. Dans un mouvement rapide elle fait demi-tour, se dirige vers la porte du bureau et en saisit la poignée.

— Agnès, arrêtez-vous ! Tout de suite ! hurle Duclos.

C'est la première fois qu'Agnès entend son patron l'interpeller de la sorte.

— Fermez-moi cette putain de porte et venez vous asseoir, c'est un ordre !

Interloquée, Agnès lâche lentement la poignée de la porte et, pour ne pas énerver un peu plus son patron, marche délicatement jusqu'à la chaise qu'il lui désigne.

— Bon ! dit-il.

Les mains à plat sur son bureau, Duclos impose son autorité.

— Ce n'est pas avec des esclandres ni des jurons qu'on va arrêter ce type. Alors on va, vous et moi, j'ai bien dit vous et moi, se poser quelques minutes et tout de suite.

Devant les signes d'impatience d'Agnès, son patron reprend.

— Parce que je pense qu'on est d'accord sur un point: il n'y a pas une minute à perdre. Et se poser pour réfléchir, paradoxalement, ça fait gagner du temps.

Agnès qui ne dit pas un mot fait apparaître quelques signes évocateurs sur son visage. Elle sait son patron très sensible à ça mais ne peut les réfréner.

— Et arrêtez de ruminer. Passez à autre chose bon-sang! Nous avons déconné vous et moi. Nous avons vraiment déconné depuis le début. Alors, soit on continue comme ça, on s'engueule à chaque connerie et on se fait allumer par le préfet et le ministre…

— Le ministre! coupe Agnès.

— Oui, le ministre de l'Intérieur madame. Rien que ça! Donc soit on continue comme ça, avec des solutions merdiques comme celle que vous m'avez proposées et, ne dites rien… Je sais que vous en avez parlé à Beñat et je connais vos intentions. Je vous arrête tout de suite, c'est exclu!

Agnès joue la candide.

— Soit on calme le jeu et on reprend tout depuis le début. Pas pour réparer nos erreurs c'est trop tard, mais pour prendre un autre chemin, plus efficace, poursuit Duclos

Agnès réalise qu'elle avait besoin de ça. Un électrochoc de son patron. Ce truc qui lui manquait pour sortir la tête du guidon. En même temps, elle sent que Duclos continue à lui faire confiance et qu'il croit en sa capacité à résoudre cette enquête. Il se mouille enfin.

— Je vous écoute! reprend-il.

Ça, elle ne s'y attendait pas. Elle pensait bêtement qu'il allait continuer à faire le travail. Montrer sa bonne volonté en proposant quelque chose.

— Vous avez tout patron.

— Ce que je veux entendre, c'est où ça merde, Agnès !

— Ça aussi vous le savez.

— Vous le faites exprès ou quoi ? Je vais finir par revoir mes appréciations sur vous et votre capacité d'analyse.

— On court partout !

— C'est un début. Mais encore.

— Quoi « mais encore » ? Vous ne voyez pas ce qui se passe ? On doit être partout à la fois. À croire qu'ils sont plusieurs. Hier soir il nous échappe, il passe tranquillement la nuit à Mundaka où il agresse un surfeur, incendie le véhicule qu'il conduisait et revient en France pour agresser à nouveau Sonia à l'hôpital.

— Oui ça, ce sont les faits, je les connais. Mais nous, nous, on merde où dans tout ça ?

— Qui ? Vous et moi ou nous, la police ?

— Nous, la police.

— On merde parce qu'on pensait le coup trop simple. Parce qu'on a cru que, connaissant son nom, on allait l'arrêter tout de suite. On pensait que c'était un rigolo. Mais, en fait, on s'est planté sur toute la ligne. Ce type n'est pas un rigolo. Il a flambé la voiture sur les hauts de Mundaka pour détourner l'attention des flics espagnols. Il a réussi à passer la frontière alors qu'il est recherché par toutes les polices et les douanes espagnoles et françaises. Il a réussi à entrer dans l'hôpital et dans la chambre d'Agn...

— Continuez. Ne vous arrêtez pas sur des détails.

« Des détails » pense Agnès. « Il appelle ça un détail ».

— On ne sait pas où il est, reprend-elle. On ne sait pas vraiment qui il est. Il n'a pas de femme, pas d'ami, pas de compte Facebook, pas de mail, pas d'histoire. Tout ce qu'on sait, c'est qu'il est passé par un foyer dans sa jeunesse, mais cela ne fait pas de lui un tueur !

— Reconnaissez que c'est une bonne base quand même.

« Il le pense vraiment ou il provoque ? » se demande Agnès.

— Il travaille dans le monde du surf mais on ne sait pas bien pour qui ni ce qu'il y fait. On n'a rien trouvé ! À part des adultes immatures qui défendent leur spot comme un bac à sable de maternelle.

— De qui parlez-vous ?

— Des surfeurs… enfin de certains surfeurs, ils ne sont pas tous comme eux. Vous saviez que Beñat surfe régulièrement ?

— Oui, ça fait longtemps… Mais ce n'est pas normal !

— Que Beñat soit surfeur ?

— Non, qu'il n'y ait aucune trace de l'activité professionnelle du suspect. Urssaf, impôts, etc. On y passe tous. Surtout quand on a une entreprise !

— Il est auto-entrepreneur patron.

— C'est pareil !

— Non, pas tout-à-fait.

— Allons, ne commencez pas avec vos arguments de syndicaliste, Agnès. L'enquête, rien que l'enquête. Poursuivez !

Agnès fait turbiner son cerveau. Duclos l'aide de temps à autre par des interventions plus ou moins pertinentes. Ils cherchent tous les deux. Elle est assez satisfaite de faire ce travail avec son patron. C'est la première fois qu'il s'implique à ce niveau. Il a beau être comme il est, bourru, mesquin, provocateur et macho, il montre une sacré expérience et le recul nécessaire pour analyser la situation.

Au bout d'un quart d'heure, Duclos regarde sa montre, se lève, va jusqu'à la porte de son bureau et l'ouvre en grand.

— Merci Agnès, nous allons nous arrêter là. Je me charge de mettre deux collègues supplémentaires sur l'enquête. Je vais de ce pas appeler le juge d'instruction et le préfet. On va mettre le paquet en effectifs. Je veux savoir ce que ce type a fait de sa vie depuis qu'il est né. Vous m'avez bien entendu ? Ses parents, ses frères et sœurs, ses cousins, ses notes en primaire, ses voyages, ses petites amies, tout ! Et surtout, où il travaille ! Il doit bien faire quelque chose ! Vous me mettez deux collègues là-dessus. Les autres, ils me refont tout le parcours depuis hier soir. Ils se démerdent avec les Espagnols mais il faut qu'on sache heure par heure, minute par minute ce qu'il a fait depuis hier, par où il est passé, qui il a pu croiser. Parce qu'entre nous, c'est un rapide notre suspect ! Voler une bagnole, à l'aube certes, mais à Mundaka soit à deux heures et demi d'ici environ, passer la frontière alors que tout le monde le cherche puis se pointer à l'hôpital ce matin pour agresser Sonia Etchesahar… ! Ou on a à faire à un pro ou il n'est pas seul, ou les deux.

Duclos débite tous ces mots avec une fluidité inconnue chez lui jusqu'alors. Agnès boit ses paroles et s'aperçoit qu'elle n'avait pas envisagé qu'ils puissent être plusieurs.

Enfin, vous et moi, on va tenir une conférence de presse en présence du juge d'instruction. Type l'ennemi public n° 1 est en cavale. Il est dangereux. On donne son signalement, sa photo et un numéro à appeler.

— Patron vous savez que je n'apprécie pas vraiment ce genre de méthode. L'appel à la délation ce n'est pas mon truc.

— Laissez de côté votre éthique deux minutes. Vous voulez quoi ? Qu'il flingue encore quelqu'un ? On a un tueur en série qui laisse des traces partout mais qui est un vrai fantôme ! Je n'arrive pas à m'y résoudre, il faut qu'on l'attrape vite et par tous les moyens.

Agnès ne répond pas. « Par tous les moyens » elle sait ce que ça veut dire.

La menace terroriste, les attentats, tout cela a changé la donne. Les citoyens finissent par accepter d'être surveillés en permanence, ils voient le danger partout et ne s'offusquent plus de voir des portraits de suspects affichés sur toutes les chaînes de télévision, dans tous les réseaux sociaux, des salauds abattus sans jugement. À quand la prime aux chasseurs de têtes ? La sécurité devient le maître mot des politiques, ils en font leur credo et masquent au passage tout le reste de leurs promesses et de leurs engagements. Les policiers sont devenus des héros. On pourrait s'en satisfaire quand on est de la police, mais Agnès y voit aussi un danger. Certains de ses collègues, se sentant abandonnés par l'Administration, pourraient y voir l'opportunité pour se faire remarquer, et elle sait par expérience qu'ils sont prêts à sortir des clous pour y parvenir. Ainsi s'attend-elle à de nombreuses bavures. Mais, pour la grande masse d'entre eux, ils restent des fonctionnaires peu considérés et dotés de peu de moyens alors qu'on attend de plus en plus de leur part.

Diffuser le portrait du suspect c'est le condamner à l'avance et c'est faire faire le boulot par d'autres que les professionnels. Agnès n'aime pas ça du tout.

— Ah ! J'oubliais. Mettez Beñat sur le coup pour interroger un maximum de surfeurs de la côte et voir cette histoire de « localisme », même si cela me paraît un peu léger comme motif pour tuer de la sorte, reprend Duclos. Dites-lui qu'il peut même aller surfer avec eux si ça le chante, pourvu qu'il ramène un maximum d'informations.

25

J'ai grandi dans la mer et la pauvreté m'a été fastueuse, puis j'ai perdu la mer, tous les luxes alors m'ont paru gris, la misère intolérable. Depuis, j'attends. J'attends les navires du retour, la maison des eaux, le jour limpide.
Camus – *La mer au plus près.*

Les jambes bien alignées, la tête relevée, je plonge une main puis l'autre à l'avant, dans un mouvement bien rodé. Je prends un peu de cette eau à l'immensité de l'océan pour la pousser vers l'arrière de ma planche et glisser, rame après rame, vers le large, aidé par le contre-courant le long de la digue de la Bidassoa. C'est là que je sens l'efficacité de mon geste, de ma posture. C'est là que je sens la force de mes muscles et ma capacité à me faire presque oublier de la planche afin que celle-ci avance, à plat sur l'eau, le plus vite et le plus facilement possible. Une vague arrive, j'accélère pour la passer avant qu'elle ne casse. Je choisis ma route en fonction de sa forme et de sa vitesse. En allant vers la droite, j'ai plus de chance de la passer. Je la sens me soulever et passe de justesse, l'arrière de mon *longboard* est resté quelques centièmes de secondes en suspend dans le vide puis j'ai basculé vers l'avant. Je n'ai pas arrêté de ramer. Je ne lâche rien. Jamais. Il faut aller au bout, l'océan ne me laisse pas le choix. Il m'envoie des vagues par séries, obstacles à surmonter, passages à négocier, avant que je n'atteigne sa zone la plus calme, celle où les vagues ne cassent pas encore, celle où je vais pouvoir enfin reposer mes bras qui brûlent de l'effort fourni. Parfois c'est impossible, alors il faut se préparer à affronter le tourbillon du rouleau. Certains passent dessous, collés à leur planche, et réapparaissent de l'autre côté en secouant leurs cheveux. Moi, avec mon *longboard*, je n'ai pas beaucoup de choix. Je peux tenter de passer par-dessus si le rouleau le permet ou de passer sous ma planche, et c'est le rouleau qui glisse dessus. C'est ce qu'on appelle faire la tortue. Cependant, je maîtrise encore mal un retour rapide à la normale pour passer la vague suivante. Cela finit souvent dans l'eau, le *leash* à la main. Ça fait partie du jeu.

Bref, je me défonce physiquement et cela me fait le plus grand bien.

Enfin une vague monte et je suis bien placé au *pick*. Je commence à ramer lentement pour me placer et prendre de l'élan. La vague vient soulever l'arrière de ma planche, je rame alors plus vite et plus fort pour prendre de la vitesse et, d'un bond, je pousse sur mes bras, me cambre pour me lever et retomber les pieds bien placés au contact de la *wax*. La vitesse me grise, je glisse sur l'eau en négociant la vague sur la gauche. Elle se déroule parfaitement, je voudrais que cela ne s'arrête pas et je prends mon pied. La mousse me rattrape, secoue un peu ma planche et me fait perdre l'équilibre. Je tombe dans la vague, me fais un peu retourner et réapparaîs, revenant immédiatement vers l'océan afin d'aborder la vague qui suit. Prêt à repartir vers le large, je sens un bonheur intense monter en moi.

Rentré chez moi, après la douche, je me connecte. Une habitude, presque un réflexe. L'info, toujours l'info à portée de main. Dans mon activité, je n'ai pas le choix, mais c'est devenu quasiment addictif. Bref, j'ouvre mon ordi portable et j'allume la télé. Je regarde les titres de BFMTV qui défilent au bas de l'écran pendant qu'un journaliste anime un débat entre deux experts du djihadisme. Apparaît alors un titre: « le surfeur tueur, toujours en cavale » suivi d'« un appel à témoins est lancé ». Je zappe sur d'autres chaînes mais rien de plus.

Je me précipite sur l'ordinateur, impatient d'avoir les détails et tombe sur un appel manqué de mon ami Shamir sur Skype. C'est pour moi une priorité. Je calcule rapidement le décalage horaire et me décide à l'appeler. D'une oreille attentive, j'écoute le son de la télé derrière moi. Coup de bol, Shamir répond et son image apparaît par sursauts sur l'écran. Il est dans une pièce qui semble être un lieu de réunion du syndicat. Derrière lui, je vois des femmes qui me font signe. J'en reconnais une ou deux. On échange des saluts. Ils sont tout sourire. Shamir demande de mes nouvelles et s'excuse encore pour ce qui s'est passé là-bas. Je ne sais plus comment leur dire qu'ils n'y sont pour rien alors je réponds que ça va. Quand soudain, je vois les visages se figer. Leurs regards ne me fixent pas mais se projettent derrière moi. Une femme met sa main devant la bouche et écarquille les yeux. Lorsque je me retourne, je vois le portrait d'un type à la TV, suivi d'une image où Agnès et son patron entourent un procureur. Je saisis la télécommande et monte le son, oubliant presque mes interlocuteurs du Bangladesh. Très étonné de voir Agnès se prêter à ce genre d'exercice, je reviens vers Skype et lâche un « what happens ? » pas très académique. Shamir se tourne vers ses collègues qui, tendant l'index vers moi, prétendent connaître le type dont le portrait est à nouveau diffusé dans une vignette, pendant qu'un reporter fait le point de la situation en direct de la digue de Tarnos. Passant d'un écran à l'autre, je tente de comprendre comment des syndiquées du textile, à des milliers de kilomètres d'ici, peuvent connaître un tueur de ma région.

Shamir, avec son calme légendaire, apporte un début d'explication. Ces femmes disent avoir déjà vu cet homme dans plusieurs usines de Dhakka. Il accompagne parfois des représentants des marques qui font fabriquer au Bangladesh. Il précise qu'il est reconnaissable parce qu'assez grand, mais surtout en raison de son regard particulier. Une femme dit qu'il a un regard étrange, presque vide.

Je pense à Agnès qui m'a sollicité. Elle ne croyait pas si bien dire. Pour des infos venant d'un réseau, on ne pouvait pas mieux faire. J'explique à mon tour que cet homme est recherché, sans trop entrer dans les détails afin, je l'avoue, d'écourter un peu cet échange, impatient d'apporter ces informations à Agnès. Car, malgré mes sollicitations, j'ai senti que je n'obtiendrai pas plus de détails sur l'homme ni sur sa présence au Bangladesh.

Prétextant, un peu à contrecœur, un rendez-vous important, je propose à Shamir de nous caler une prochaine connexion le lendemain. Nous nous entendons pour dix-sept heures, ce qui correspond chez eux à vingt-et-une heure.

L'info revient à nouveau à l'écran. Je regarde le portrait du tueur. En saisissant mon téléphone mobile, je m'aperçois qu'Agnès m'a envoyé le même portrait par MMS. Je l'appelle, messagerie. J'appelle la PJ. Occupé. J'envoie un texto à Agnès, « j'ai des infos ».

Ça y est, je bous. Je fais les cent pas dans mon salon, regarde BFMTV en boucle, scrute l'écran de mon téléphone. Rien. Je me sens impuissant. J'appelle la confédération, fais un point sur mon séjour et, probablement parce que ma voix trahit une certaine fatigue et un énervement, mon interlocutrice en charge de l'international m'invite à prendre quelques jours de repos. Nous convenons ensemble d'une rencontre bilan dans huit jours, mes camarades se chargeront des prochains rendez-vous. La solidarité fonctionne, ça fait du bien.

Mon esprit est maintenant tourné vers Sonia et Marco. Comment les aider? C'est bien la question. Je ne peux pas interférer dans l'enquête et surtout pas donner mes infos à Marco car je connais d'avance sa réaction. Non, il faudrait simplement que je sois près d'eux. C'est ça, mon devoir pour l'instant est de les accompagner. Je ne dois pas laisser tomber mon pote.

Avant de me rendre à l'hôpital, j'appelle un chargé de mission du secteur international et lui demande de m'envoyer par mail la liste qu'on a établie des marques qui font fabriquer au Bangladesh. Pour mon voyage, je n'en connaissais que les principales, celles dont on a parlé quand le Rana-Plazza s'est effondré. Mais il y a une multitude d'autres marques qui font fabriquer tout ou partie de leurs textiles, tongs et autres accessoires à la mode. La difficulté, c'est de les repérer en tant que telles. Elles ne passent pas forcément des contrats au nom de la marque. C'est souvent grâce à l'étiquetage ou au flocage sur les tee-shirts que l'on sait qui est derrière. Même les salariés de ces usines ont du mal à établir une liste exacte des commanditaires.

On a dû travailler de concert avec les syndicats du Bangladesh et les ONG qui agissent pour l'éthique de fabrication de ces vêtements afin d'établir une première liste des marques présentes en France. Il faudra que je passe aussi voir le secteur juridique de l'union locale du syndicat à Bayonne. Ils ont peut-être des infos récentes sur des boîtes du textile de la région.

26

Marcheur il n'y a pas de chemin, rien que des sillons dans la mer…
Antonio Machado – *Caminante no hay camino.*

Il sait. Il connaît l'issue des prochains jours. La question n'est pas là. La question est de savoir quel va être son chemin. Va-t-il encore accepter, obéir, s'écraser ? Non. Pourquoi ces gens ont-ils une telle emprise sur lui ? C'est la première fois qu'il se pose cette question. Tous ces « accidents ». Tous ces morts simplement parce qu'il fuit. Qu'il se fuit lui-même. Il en est troublé mais il ressent en lui comme une libération. Il se laisserait presque se perdre dans ses pensées, son nouveau « statut ». Mais il est trop tard pour y penser, les chiens sont à ses trousses. Il est aujourd'hui en pleine lumière, lui qui travaillait dans l'ombre, bien à l'abri de ses commanditaires. Il ne peut maintenant compter que sur lui-même et mettre en marche toutes ses compétences, toute l'expérience acquise ces dernières années au travers de son travail. Il doit prendre les devants, visualiser le contexte, analyser la situation, agir au bon moment, au bon endroit, en utilisant toutes les failles.

Jeff a bourlingué de spots en compétitions. Puis dernièrement, il a coupé les ponts avec ses amis surfeurs amateurs. Il les trouve trop ringards à défendre leur pré-carré, comme des gamins qui refusent de prêter leurs jouets. À la cinquantaine, ils se la pètent comme des branleurs de vingt piges. Ils jouent les balaises de loin et font les coups dans le dos. Aujourd'hui, il les méprise comme ils l'ont méprisé, mis à l'index, sali, insulté, menacé. Depuis quelques années maintenant, il navigue dans le monde des professionnels. Un milieu où circulent du fric, des filles et de la came aussi. Il a pas mal voyagé, notamment en suivant le World Champion Tour, à la disposition des organisateurs. Officiellement chargé de la logistique, sa mission consiste à veiller à ce que la quarantaine de surfeurs sélectionnés et les juges ne manquent de rien. En sous-traitance de sous-traitance, il travaille pour les marques.

Elles ont pignon sur rue partout où il y a de la glisse, parfois même à la montagne. Des marques qui procèdent à des fusions, des acquisitions, tout un tas de manœuvres économiques que Jeff ne connaît pas dans les détails mais qu'il voit comme un immense business qui a peu à voir avec le sport. Bref, plus que des marques, elles représentent, pour tout un chacun, une façon de s'habiller, un mode de vie, inspirés par les magazines et les icônes du surf.

Jeff en a côtoyé plusieurs. Ce sont des mecs et des nanas certes balaises sur les vagues mais surtout rusés et très attentifs à leurs carrières et au business. Des surfeurs qui, arrivés à un niveau d'élite, se posent en exemples vivants d'une vie saine et équilibrée, comme si la compétition, l'argent, le poids des marques donnaient cette liberté. Cette image est bonne pour les gogos car Jeff les a vus de près, de très près ces idoles des jeunes et a appris beaucoup de choses sur leurs histoires personnelles. Jeff n'a jamais été impressionné par ces stars. Il sait lui, ce qui se passe dans les coulisses. Il a aussi eu l'occasion de rencontrer quelques PDG de ces marques, sans que ces derniers ne remarquent sa présence. Ils ne sont pas beaux à voir tellement leurs sourires sur commande, l'hypocrisie qui les habite, leur sentiment de pouvoir tout se permettre déforment leurs visages, leurs attitudes. Ils ne sont pas naturels, ils jouent au PDG. À force de travailler dans l'ombre, Jeff s'est petit à petit enfoncé dans la pénombre. Il sait que dans le milieu, quand on parle de lui, c'est toujours avec mépris. Il est comme l'éboueur qui, tôt le matin, débarrasse la rue de nos poubelles. Tout le monde sait qu'il est utile mais personne ne cherche à le connaître.

Il a commencé à travailler auprès de la ligue de surf d'Aquitaine, sur des petits évènements, les championnats régionaux puis, au fur et à mesure que ses prestations se couronnaient de succès, il s'est mis à travailler pour des évènements plus importants. Beaucoup font tout pour l'éviter. Lui ne s'en formalise pas. Il s'est toujours senti étranger à lui-même. Il est décentré, hors de son corps. S'il lui arrive quelque chose, personne ne le pleurera. C'est déjà ça.

La frontière a été simple à passer. D'Etxalar à Sare, un tour par la Venta Berrouet, facile. Il connaît le coin. Enfant, il est venu ici avec ses parents et leurs amis chercher des champignons puis manger au restaurant, pas très loin des palombières. C'était avant que tout ne se dégrade.

Il a croisé quelques véhicules de la Guardia Civil puis de la gendarmerie, il a même traversé un barrage filtrant sans être inquiété. Son nouveau look est assez réussi et colle parfaitement avec la Renault Talisman. Il est habillé en promeneur du dimanche. La femme qui conduisait n'en menait pas large c'est sûr, mais cette compagnie lui a fait du bien. Cela lui a donné un peu d'énergie pour la suite. Il s'est même permis de fumer un bon gros canuto dans la caisse, en prenant soin toutefois de baisser la vitre.

Bien entendu, il a dû se débarrasser de la sexagénaire, une fois la frontière passée. Elle est quelque part du coté de Sare, au bout d'un chemin difficile d'accès, pas loin des filets à palombes. Il a dû la calmer à l'aide d'une massue improvisée. Les deux bons coups de poings au visage n'avaient pas suffi. Elle a finalement arrêté de s'agiter et a fermé les yeux. Quand il l'a laissée, attachée à un arbre dans le bois, elle vivait encore. Une petite angoisse lui revient et le replonge dans son enfance.

Retrouver Bayonne est un vrai soulagement. Il sait l'océan pas loin, l'Adour l'y conduirait, il suffirait de la suivre, rive gauche ou droite, peu importe, tous les chemins mènent aux vagues. Rive droite, c'est la digue de Tarnos, on ne retourne pas sur les lieux du crime. Quoique, vu qu'il n'a pas grand-chose à perdre, profiter de l'occasion pour aller allumer un ou deux locaux le démange. Rive gauche, pas de « localisme », mais un mini-spot appelé le « furoncle ». Coincée entre deux digues assez proches, cette plage, située devant la patinoire d'Anglet et le fameux restaurant La Crique, offre une gauche courte mais parfois très bien faite et puissante. Elle a été autrefois une vague mondialement connue, mais c'était avant la construction de la digue de Tarnos, qui l'a paraît-il complètement « étouffée ». Cependant, il ne faut pas être très regardant sur la propreté de l'eau qui se mélange avec celle du fleuve parfois très chargée après quelques jours de pluie.

Jeff a besoin de se décontracter un peu et il n'aurait pas hésité à se faire une petite session d'une heure ou deux après la route qu'il vient de se taper. Mais une voix intérieure lui dit de ne pas céder tout de suite à ses envies et lui rappelle qu'il s'est donné une mission : le « grand nettoyage » comme il aime l'appeler.

Il passe faire le plein chez « Petit Jim », un dealer notoire de Bayonne, ravagé par les différentes drogues qu'il goûte. Oui, comme en cuisine, il faut toujours goûter avant de servir le client. Chez lui, il tire une taf sur une pipe de méthamphétamine. Ce crystal, assez rare en France, est importé depuis l'Europe de l'Est, via certains petits camions de transport aux chauffeurs surexploités. Une taf suffit. Ça stimule bien plus que la coke et dure plus longtemps. Jeff sent sa confiance décupler, sa fatigue et sa faim s'effacer et une euphorie monter en lui.

Au retour du quartier Saint-Esprit, il prend à pied le pont du même nom au-dessus de l'Adour puis le pont Mayou et se dirige vers le pub irlandais Saint-Patrick, face à la mairie. Certain que rien ne peut lui arriver, il s'envoie une pinte de Guinness pour calmer cette sensation de bouche asséchée par le « crystal », quitte le bar et rejoint le parking du kiosque, derrière la mairie de Bayonne, pour y voler une voiture.

Finis les incidents de parcours, tant pis pour la session de surf, les choses sérieuses peuvent commencer.

27

Croire au soleil quand tombe l'eau.
Louis Aragon – *Le Fou d'Elsa.*

« Un tueur en cavale dans le Sud-Ouest », c'est le titre racoleur du journal *Sud-Ouest* qui surmonte une photo toute aussi « people ». Le flou du cliché, le recadrage et son grain énorme donnent le sentiment que le quotidien a réussi à se procurer une photo trouvée dans un tiroir. Rien à voir avec celle impeccable que la PJ leur a envoyée.

« Ou comment faire augmenter les ventes » pense Agnès devant son écran, à scruter les articles parus sur les sites de la presse régionale et nationale. La mort dans l'âme, elle découvre le traitement qui est fait de l'info que son patron vient de lâcher. Les mots sont durs, des noms apparaissent, l'enquête est livrée en pâture à des directeurs de rédaction qui n'ont que faire de l'éthique du journaliste. Ils sont obnubilés par les résultats des ventes dans une période où la presse écrite périclite. Ils s'accrochent à la manne des publicités qui couvrent les pages de leurs sites internet. Ainsi la photo d'un meurtrier côtoie-t-elle celle de ses victimes qui elles-mêmes côtoient l'image animée d'une femme en bikini quittant l'ombre des cocotiers pour l'eau cristalline d'une île du Pacifique. Le crime est voisin des vacances et du soleil de Bora-Bora.

Les équipes travaillent d'arrache-pied. Le patron a tenu parole. Le juge d'instruction a été clair lors du briefing d'avant la conférence de presse. « Je parle » avait-il dit avant d'ajouter : « vous répondrez aux questions techniques, mais sans entrer dans le détail ». Il a été ferme, ce qui a déplu au patron mais pas à Agnès. Elle, ça lui allait très bien. Moins on la met en lumière, mieux elle se porte et mieux elle travaille.

Elle a rejoint Beñat lors de l'interrogatoire d'un des surfeurs de Tarnos. Ils n'en n'ont rien tiré, sinon qu'il pensait avoir vu Labat entrer dans l'eau et qu'il était assez fier d'avoir fait un doigt d'honneur à un Gom's tueur en série. Les autres surfeurs interrogés sont quasiment tous sur la même ligne : c'est l'événement qui fait le buzz dans la communauté et sur toute la côte basco-landaise.

Concernant le profil du tueur, les officiers ont du mal à retracer précisément son histoire personnelle. Son parcours des dernières 48 heures oui, mais pas celui de sa vie. Père suicidé, passage dans un foyer, quelques petits écarts, rien de bien particulier. Comme si ses crimes étaient un acte de naissance.

Agnès n'arrive pas à accepter qu'un homme puisse se mettre à tuer en série sans calcul ni prévision. Rien ne semble l'arrêter et il ne prend aucune précaution particulière. Pourtant, il est toujours en cavale. Elle ferme Internet et ouvre le dossier.

Son regard passe de ses écrits aux photos sur les murs de son bureau. Elle tente de comprendre ce qui leur échappe et, sans savoir pourquoi, elle pense soudain à Laurent. Elle ne l'a toujours pas appelé ni ne lui a envoyé aucun message. La tête dans le guidon, la fatigue, les emmerdes, ça fait beaucoup d'obstacles à surmonter. Sans plus hésiter elle va lui envoyer un petit « salut » par texto quand elle s'aperçoit qu'il lui a adressé un message. Elle le rappelle. Il ne répond pas. S'il a des infos, elle sait qu'elles peuvent être d'une grande qualité.

On frappe à la porte de son bureau. Beñat entre.

— On a du nouveau.

Agnès se lève impatiente d'entendre la suite.

— Ce Labat travaille en sous-traitance pour plusieurs marques de surf. Il est en charge de l'accueil des surfeurs et des juges lors des compétitions de surf.

— Génial ! Qui s'occupe de les organiser ?

— « Showocean », une entreprise spécialisée dans les évènements en rapport avec l'océan comme son nom l'indique. Vise leur site, il est bien fait. Beñat montre l'écran de son téléphone.

— Plus tard. Tu as convoqué son directeur ?

— Oui, mais il est actuellement en déplacement. C'est ce que m'a répondu sa secrétaire.

— Je vais le faire revenir rapidos moi.

— Du calme Agnès. On a l'adresse de cette boîte. Ses locaux sont dans la zone artisanale d'Hossegor. Difficile d'y accéder aujourd'hui, il y a des dizaines de milliers de personnes sur place pour la grande braderie annuelle.

— OK ! De mieux en mieux ! On n'arrive à choper aucun témoin !

— Selon la secrétaire, il n'y a personne sur place. Il semble qu'ils soient tous occupés à monter des scènes, des spectacles, préparer des championnats.

— Ils sont nombreux dans cette entreprise ?

— Non. Une secrétaire-comptable et six autres personnes dont le directeur. D'après la secrétaire, il supervise beaucoup de chantiers avec l'aide des autres salariés, car ils font eux aussi appel à la sous-traitance. Grâce à ça, ils interviennent partout dans le monde. Partout où il y a un océan, une mer, des plages, des vagues…

— Oui, la sous-traitance en cascade. Et la secrétaire, elle a déjà vu Labat ? Elle le connaît ?

— Figure-toi que non ! Elle ne l'a jamais vu. Jamais entendu parler de ce type ! Le nom de sa boîte, elle connaît, car elle a passé quelques écritures comptables la concernant, mais lui non. Jamais.

— Il est urgent de voir ce directeur. Comment s'appelle-t'il ?

— Stéphane Planque. Un type qui a connu la prison, trafic de stups il y a longtemps mais qui n'a aucune récidive à son actif. Propre, rangé des vélos, il a payé sa dette à la société, s'est formé à l'organisation d'évènements et a monté sa propre boite.

— Je veux le rencontrer au plus vite ! Et toi, tu as l'intention d'aller surfer dans le coin ?

— J'y suis allé une petite heure ce matin. J'étais en mission ! justifie Beñat en levant les mains en l'air devant le regard étonné d'Agnès.

— Alors…

— Belle session, trop courte, mais super. Les vagues du spot du Métro déroulaient bien, l'eau était *glassy*. Des vagues un peu trop creusées quand même, j'ai même failli placer un *barrel* ou un tube si tu préfères.

— Laisse tomber, je n'y comprends rien et puis arrête de me chercher, pourquoi pas la Digue ?

— Ils ne m'auraient pas parlé. Au Métro, c'est à deux kilomètres de là à vol d'oiseau mais ils sont moins méfiants, moins « locaux », fait Beñat en imitant les guillemets avec ses doigts comme dans les films américains. Geste qu'Agnès déteste.

— OK et alors ?

— Pas grand-chose. Il y avait trois surfeurs à l'eau. J'ai bien tenté de parler de ce qui s'est passé à la Digue, mais peu de réaction, sinon que les rumeurs vont bon train sur l'éventuelle vengeance de Labat. Ils disent que certains à la Digue doivent se chier au froc. Je pense que c'est une piste à suivre.

— OK, mais c'est tout ce qu'on a ?

— Oui mais en une heure… Et puis, cela m'a fait tout drôle de faire mon boulot d'enquêteur assis sur ma planche à attendre la série. Faut que j'en parle au patron, on devrait être équipé de porte-cartes de police étanches. Bon, j'y retournerai dès que possible mais faudrait que tu me laisses un peu de temps.

— Sors d'ici, dit-elle en plaisantant. Et finis déjà ce que tu as à faire !

Beñat fait un clin d'œil en sortant du bureau. Agnès aime cette complicité et se sent ragaillardie. Le fantôme Labat n'est peut-être pas si transparent que ça. Poussée par l'enthousiasme que lui ont procuré ces nouvelles informations, elle téléphone au juge d'instruction afin qu'il voit que, quand on met les moyens, ça porte ses fruits.

Agnès saisit sa veste, l'étui chargé de son Sig-Sauer SP 2022 et gagne sa voiture. Direction le domicile de Laurent, pour y prendre une douche.

Elle a sa clé et entre en douceur. Laurent est à poil dans sa chambre et s'apprête à aller à la douche. Elle passe derrière lui, l'entoure de ses bras et l'embrasse dans le cou. Lui, lève la tête et sourit. Elle est toujours frappée par la beauté qu'il dégage. C'est ce qui l'avait attirée dès la première rencontre. Un vrai charme, ni joué ni calculé, d'une réelle sincérité. Il est bouleversé et triste et elle sait pourquoi.

Ils s'enlacent puis elle l'amène lentement vers la salle de bain l'invitant sans un mot à une douche commune. Laissant tomber ses vêtements à même le sol, Agnès dévoile son corps sportif et doux. Des frisons parcourent sa peau. Puis, sans décoller leur bouche, ils entrent tous les deux sous le jet puissant et chaud de la douche. Dans la vapeur, leurs corps se mêlent, leurs désirs se croisent et se complètent, l'eau perle sur leurs peaux collées l'une à l'autre. Un instant de bonheur d'autant plus fort que chacun en ressentait l'énorme désir. De quoi vous faire oublier la fatigue, les tracas, le passé et repartir dans le tumulte de leurs vies bien remplies.

Sans aucun mot, Agnès se rhabille. Elle balance sa culotte dans le panier à linge sale de Laurent qui y voit un signe, et enfile son jean à cru, avec des gestes qui donnent à son mec la terrible envie de remettre ça. Lui, il passe juste une serviette autour de sa taille.

Agnès scanne littéralement le corps de cet homme et esquisse un sourire ravageur. Elle glisse délicatement la main entre les jambes de Laurent, fourre sa langue dans sa bouche dans un baiser fougueux avant de changer totalement d'attitude et de passer en mode capitaine de la PJ.

— Alors ces infos ?

Laurent a du mal à se remettre de ce changement brutal de contexte et tente de rassembler ses idées au plus vite.

— Heu… Oui. Le gars dont la photo passe en boucle à la télévision… D'ailleurs je n'ai pas bien compris comment tu as pu laisser faire une chose…

— Arrête-toi là Laurent, ce n'est pas le moment. Donne-moi les infos. Tu disais le gars qui passe à la télévision…

— Oui… il est connu au Bangladesh !

— Comment ça, au Bangladesh ?

— J'étais en liaison par Skype ce matin avec mes contacts syndicaux de là-bas et des femmes d'une usine de textile ont reconnu le portrait du mec que vous cherchez sur l'écran de ma télé, là, derrière moi !

— Non !?

— Si, elles sont formelles. Il accompagne parfois des représentants des marques.

— Mais qu'est-ce qu'il fout au Bangladesh ? Il y était quand ?

— Ah ça, je n'en sais rien.

— Renseigne-toi vite. C'est hyperimportant ! Et dis-moi si ton syndicat a des infos sur une entreprise d'Hossegor qui s'appelle Showocean.

— Je vais voir ce que je peux faire.

Elle embrasse à nouveau Laurent, récupère son sac et quitte l'appartement en disant « je t'appelle ».

Devant l'ascenseur son téléphone vibre, c'est Lilian à la PJ.

— Les Espagnols ont retrouvé le Van qui a été volé à Mundaka et une victime la gorge tranchée dans une forêt à proximité. Sa voiture, un 4X4 noir immatriculé en Espagne, a disparu. Ils ont trouvé une chaussure de femme à proximité. Elle l'aurait perdue en s'enfuyant. Ils n'en connaissent pas l'identité.

— C'est Labat qui a fait le coup ?

— D'après eux, ça y ressemble.

— Quand est-ce arrivé ?

— Il y a quelques heures. En cours de matinée, c'est ce qu'ils disent.

— Mais l'hôpital alors… Il n'a pas pu passer à l'hôpital.

— Ça dépend, il a pu enchaîner tout ça dans la matinée. L'agression et le vol à Mundaka, peu après le meurtre et le vol du 4X4, il passe la frontière et débarque à Bayonne.

— Y a un truc qui cloche…

Agnès dévale les escaliers et rejoint sa voiture tout en parlant.

— Donc, si je comprends bien, Labat a agressé deux personnes dont une qu'il a tuée sauvagement, puis il a passé la frontière pour tenter de tuer Sonia dans sa chambre d'hôpital, à Bayonne, sans avoir une seule fois croisé un flic, un garde civil ou un douanier et le tout en un temps record !

Agnès élève la voix en s'installant précipitamment au volant. À l'autre bout, l'officier ne sait quoi répondre car ce sont bien les faits qui viennent du CCPD d'Hendaye.

— C'est assez hallucinant mais c'est possible. Les distances sont courtes, il a roulé avec un 4X4 alors que la police espagnole cherchait un Combi Wolkswagen et a dû passer la frontière par la montagne, tente son collègue.

— Je croyais que la police espagnole et les douanes étaient sur les dents ?

— Oui mais il a réussi à passer. Que voulez-vous que je vous dise ?

— Ne me dites rien, j'arrive. Il faut que le labo compare les prélèvements de la digue et ceux de l'hôpital. Il y a urgence ! Si ce type parvient à commettre tous ces crimes en si peu de temps, c'est plus que jamais une course contre la montre !

« Déjà deux meurtres, Sonia entre la vie et la mort, le tout en moins de vingt-quatre heures et dans deux pays, voisins certes, mais ça complique les choses. » Agnès tente de trouver une solution pour arrêter cette course folle du criminel. Le samedi, c'est plus compliqué. Ça circule partout, car en ce beau mois d'avril, les gens sont de sortie et la soirée suppose de nouveaux emmerdements pour la police. Une bagarre qui tourne mal, une autre affaire ce soir et c'est la catastrophe.

En conduisant, ses pensées sont pour Marco. Il est à l'hôpital sous bonne surveillance. Elle a obtenu de Duclos et du juge que le couple soit sous protection. Elle s'assure ainsi que Marco ne viendra pas jouer les trouble-fêtes, c'est déjà assez compliqué comme ça. Mais elle reste vigilante.

« Qu'est-ce que ce Labat est allé foutre au Bangladesh ? » pense-t-elle.

28

L'eau n'oublie pas son chemin.
Proverbe russe.

Un bruit métallique suivi d'un son sourd fait réagir le policier en faction. Il ouvre la porte de la chambre et demande si tout va bien avant de s'apercevoir que Marco est tombé près du lit. Il se précipite, constate qu'il ne bouge pas et appuie avec vigueur sur la sonnette pour appeler les infirmières. C'est cet instant que choisit Marco pour se lever d'un bond et passer la porte ouverte de la chambre, après avoir saisi son sac de sport préparé près de la sortie. L'agent de police n'a pu réagir se contentant d'un « stop ! » lancé par réflexe. Mais il est trop tard. À grandes enjambées, Marco a déjà franchi la porte de secours et dévalé les escaliers métalliques. Arrivé en bas, il se débarrasse de la blouse de patient sous laquelle il s'était rhabillé. Dans la poche du jean, la clé de son scooter toujours présent sur le parking des deux roues. Après avoir passé les bras dans les anses du sac, il démarre au quart de tour et fonce tout droit comme à son habitude. Il a une idée en tête. Une idée qu'il a mûrie durant les quelques heures passées à l'hôpital. Il devait définir sa priorité numéro un. Rester auprès de Sonia ou trouver le salopard qui l'a agressée. Auprès de Sonia, il ne l'était pas, enfermé dans une chambre d'hôpital, sans nouvelle et gardé par un flic. Et puis que pourra-t-il faire de plus ? La soutenir, oui. Par la pensée ? Il n'y croit pas. Marco est un pragmatique. Il a les pieds sur terre. Il ne connaît que l'action. Penser n'est utile selon lui que pour agir. Penser pour penser n'a pas de sens si cela ne se traduit pas par des actes. Trop de gens pensent sans agir. Lui, il a souvent agi sans trop penser. Il doit maintenant trouver cet équilibre. Il en va de son efficacité. Il sait qu'Agnès et son équipe vont se mettre à sa recherche. Il sait qu'il a peu de temps. C'est pourquoi, sur son scooter, il fonce tout en faisant turbiner son cerveau aussi vite que les pistons de son moteur. Il s'arrête dans une des rues du quartier de l'hôpital pour mettre son casque récupéré sous la selle. Histoire de ne pas se faire arrêter par les flics. Le Vespa donne tout ce qu'il peut. Il vibre, ronfle et chauffe.

Le tour du rond-point Saint-Léon n'est qu'une formalité. L'engagement sur les allées Paulmy, bordées de palmiers, est toujours délicat. Il zigzague entre les files de voitures et la piste des bus pour enfin tourner vers la sous-préfecture de Bayonne, aux allures d'un bâtiment officiel chilien du temps de Pinochet. Ce trajet en scooter lui fait du bien, même si la route empruntée lui rappelle des souvenirs douloureux, notamment le passage devant les hangars portuaires du quartier Saint-Bernard. Arrivé à la Digue de Tarnos, il gare le Vespa entre deux rampes en acier dont on pourrait penser qu'elles ont été prévues pour ça, alors qu'elles protégeaient autrefois des containers à poubelle.

Le Barrel lui fait face et c'est là qu'il va. Il approche lentement, se donnant l'air d'un promeneur et monte sur la terrasse surélevée du bar-restaurant d'où l'on peut observer la mer tout en mangeant. Cette terrasse en bois a déjà souffert des assauts des vagues lors de tempêtes doublées de grosses marées. Le restaurant lui-même a vu sa vitrine exploser et le sable entrer jusqu'au milieu de la salle. Marco ne donne pas cher de son avenir au regard des évènements climatiques exceptionnels qui se multiplient et du recul généralisé de ce qu'on appelle le trait de côte.

Des vagues longues et régulières viennent du fond de l'océan, se formant peu à peu. Un beau soleil donne de l'éclat aux rouleaux blancs. Une dizaine de surfeurs apparaissent depuis son point de vue, comme des araignées d'eau. Certains passent les vagues pour aller au fond, d'autres tentent parfois en vain d'en prendre une. Ceux qui réussissent montrent de belles figures acrobatiques. L'un d'entre eux vient d'en réaliser une particulièrement difficile, le retour sur la lèvre de la vague à l'endroit où elle ferme pour revenir dans le bon sens et à nouveau zigzaguer tant qu'elle se déroule. C'est ce que les surfeurs appellent un « cut back » mais là, il est doublé d'un « floater » à contre-sens. Des termes que Marco a appris au contact de Laurent. Quelques tubes se forment, difficiles à prendre.

Un homme vient à sa rencontre. Il a la peau bronzée et ses yeux sont cachés par de larges lunettes de soleil. Il reconnaît le patron. Quand il est assez près, Marco pose la question.

— Elle n'est pas là Maurine ?

— Non, c'est son jour de repos, vous la connaissez ?

— Son jour de repos… au commissariat de Bayonne ?

— Que voulez-vous ? Vous êtes de la police ?

— Non pas du tout, mais je suis au courant de ce qui s'est passé ici.

— Oui, comme la plupart des gens du coin, voire de France, ce n'est pas très difficile.

Le type se tient droit et montre une certaine animosité. Marco s'en veut d'avoir fait de l'esprit au risque de rater son objectif.

— Ne vous inquiétez pas, ma vanne n'était pas très fine je l'avoue. Je connais Maurine et passant par ici, je voulais voir si elle n'est pas trop choquée par cette affaire.

L'homme se détend puis approche sa tête de l'oreille de Marco pour lui parler à voix basse tout en jetant un œil alentour.

— Tu me prends pour un con ? Casse-toi d'ici avant qu'il ne t'arrive des problèmes.

Marco n'en revient pas. Il se retourne et s'aperçoit que plusieurs hommes le regardent fixement, la plupart ont les bras croisés. Il pense à une séquence de western, celle où le justicier se retrouve entouré de bandits prêts à lui faire la peau. Il retient un sourire qui ne ferait qu'envenimer la situation et pense au ridicule de ces gars qui jouent les cowboys.

— Quel genre de problèmes ? Demande-t-il sur le même ton que son interlocuteur.

— Le genre de problèmes que tu as déjà connus dans un passé récent, ducon.

Marco est à nouveau surpris. Il imagine que les informations circulent vite et que les « locaux » sont sur les dents. Plusieurs bouquets de fleurs sont posés sur un muret. Des photophores et de petits panneaux rendent hommage à celui qui est mort ici. La scène ressemble à celles qu'on a vues après les attentats à Paris. L'ambiance est lourde et menaçante, en contraste avec le bonheur que doivent ressentir ceux qui surfent plus loin.

Marco cherche une solution pour ne pas partir bredouille ni s'attirer de nouveaux problèmes. Il pense à jouer cartes sur table mais hésite, toujours en recherche de cet équilibre entre « je casse la vaisselle ou je la joue diplo ». Il détourne son regard vers le sud et la Côte basque qui s'étend, évacue un peu de pression dans un souffle long et léger. En se tournant à nouveau vers son interlocuteur qui attend une réaction, il tente de le fixer dans les yeux mais ne voit que son reflet dans des lunettes de m'as-tu-vu.

— Ma femme a aussi été agressée non loin d'ici et je n'y ai pas vu de bouquets de fleurs ni d'hommage particulier. Vous voulez vivre entre surfeurs, restez entre vous. Allez-vous faire foutre, les uns et les autres. Je vous emmerde.

Sur ces mots, il bouscule légèrement le type, provoquant une réaction de deux gars qui ont fait quelques pas dans sa direction. Marco n'en tient pas compte, regagne son scooter et quitte le parking vers le lieu où il n'avait pas osé s'arrêter à l'aller. La colère a encore pris le dessus. L'équilibriste n'a pas tenu longtemps.

Aucune trace, rien qui témoigne du drame. Un bas-côté. Pas de sang, pas de fleurs, comme s'il ne s'était rien passé. Un crime oublié. Sonia dans l'anonymat et son agresseur toujours dans la nature. Tout le monde s'en fout. Les travailleurs, les chauffeurs-routiers qui passent s'en soucient peu. C'est hors de leurs limites. Hors de leur « route ». Ça ne les regarde même pas. Marco crache. Il crache sur leur égoïsme. Une angoisse monte en lui. Il a quitté l'hôpital et a laissé Sonia dans ses souffrances. Il est seul et court après quoi ? Depuis des années il court après lui-même, cherchant une raison à son existence, une utilité, une contribution, une reconnaissance. Sa vue se brouille, sa vie s'embrouille, un nuage épais de contraintes et de questions l'empêche d'y voir clair. Il ne parvient même pas à s'identifier. Rockeur ce n'est rien. Fouteur de merde, non plus. Homme, mari, père. Image de Sonia, soleil, sourires puis douleurs, cris, violence. Le tumulte d'une vie chaotique entre recherche du bonheur et course vers la mort. « Vous ne pouvez pas nous tuer, nous sommes déjà morts » disaient les manifestants camerounais à la garde armée de Paul Biya.

Il va passer voir Sonia à l'hôpital, elle lui manque trop, mais il ne peut plus reculer. Il ne peut pas s'arrêter ici où tout a commencé. Il ne peut que poursuivre l'ignoble, l'insaisissable pourriture. Marco est décidé à le chercher, le traquer, le trouver.

29

Le Christ marchait sur les eaux moi, je faisais monter le sol marin. À chacun ses miracles.
Amélie Nothomb – *Métaphysique des tubes.*

Le capitaine Agnès Delassalle est cité dans *Sud-Ouest.* Celle avec qui j'ai fait l'amour il y a moins d'une heure. Le quotidien ne la présente pas à son avantage. Elle ne parviendrait pas à arrêter un meurtrier en cavale. Je mesure l'écart qu'il y a entre l'instant que je viens de passer avec elle et l'image d'une flic empêtrée dans une enquête difficile. Elle avait besoin de chaleur, elle voulait faire un *break* tout à l'heure. Le journaliste n'a peut-être pas exagéré, Agnès est bel et bien devant une difficulté. En moins de vingt-quatre heures, celui qu'elle recherche a déjà commis plusieurs homicides. Il faut absolument que je l'aide à sortir de là. Ce secteur du textile, je le connais particulièrement bien. Je connais le mépris de ses employeurs pour le code du travail et les droits des salariés.

Je sais que dans les grosse boîtes, les salariés sont contraints à vivre et à penser selon le modèle imposé par la marque. J'ai appris comment ces marques envoient leurs commerciaux, on pourrait presque dire leurs revendeurs ou leurs missionnaires, sur les spots pour cibler de jeunes surfeurs, souvent des adolescents. Ils les observent et sollicitent les meilleurs d'entre eux pour qu'ils viennent à la camionnette, sur le parking, se doter gratuitement de vêtements de la marque. Des T-shirts, des tongs, des sweat-shirts... Une démarche commerciale agressive avec du textile qui ne coûte pas cher à la production et qui peut apporter une notoriété à la marque et faire monter les prix. Ainsi, il est bon de s'habiller comme les surfeurs reconnus comme les meilleurs. C'est là que la pureté de ce sport cède la place au business le plus mercantile.

Je sais aujourd'hui combien coûte un T-shirt fabriqué en Inde, en Chine ou au Bangladesh. Je sais quels sont les salaires des femmes qui les fabriquent. Je sais aussi comment ces marques tentent de faire oublier cette réalité. Elles s'achètent une image d'entreprises modernes, dynamiques, respectueuses de la nature, des femmes et des hommes. Des entreprises où l'on travaillerait dans une ambiance de copains, où chaque salarié serait maître de son activité, où travail et loisirs seraient confondus. La réalité est tout autre. En Europe, et en particulier sur la côte basco-landaise, ces marques ne fabriquent quasiment pas. Pour la plupart, elles ne posent même plus les étiquettes et font appel à des boîtes spécialisées. Elles se sont concentrées sur leur cœur de métier, la pub, le commerce et le tiroir-caisse.

En route vers l'Union Locale du syndicat à Bayonne, je mesure l'écart qu'il y a entre le monde idyllique du surf, créé à coups de pubs par les marques au travers d'images de jeunes gens plus beaux les uns que les autres, de soleils-couchant et d'océans aux eaux turquoise, et la réalité de vie de ceux qui travaillent pour ces marques, notamment au Bangladesh.

Je pense alors à Ruben Cardoze, élu prud'homal, qui pourra peut-être me renseigner sur cette entreprise. Je sais qu'il n'y a pas longtemps, des salariés d'une de ces grandes marques sont venus le voir à la permanence juridique pour se plaindre de leurs conditions de travail.

Je monte quatre à quatre, à m'en couper le souffle, les trois étages qui mènent aux locaux du syndicat, place Sainte-Ursule, face à la gare SNCF.

Coup de chance, je suis accueilli par Ruben, visiblement heureux de me revoir, plaisir que je partage car nous avons dans un passé assez récent vécu de bons moments ensemble autour d'une bière après des réunions parfois un peu dures.

Ruben m'indique que plusieurs salariés de ces grandes marques protestent contre leur temps de travail qui ne correspond pas à celui indiqué sur leurs contrats. Mais c'est une pratique qui s'est mise en place dans ces entreprises de manière sournoise et avec l'aval des employés. Sous couvert de liberté d'horaires, ils se sont laissés embarquer dans une activité qui n'a plus de limite. Leurs temps libres sont réduits à peau de chagrin, et ils se coupent petit à petit de leurs familles et de leurs amis.

— On dirait qu'ils sont hypnotisés par la marque et qu'ils ont du mal à en sortir, précise Ruben.

Je ne suis pas étonné et lui demande s'il connaît le gars qui passe en boucle à la télévision.

Ruben est surpris de ma question et fait une moue de méfiance à mon égard. Je comprends vite qu'il a fait le lien entre la question et ma relation avec Agnès.

— Elle t'a pris comme adjoint ? Faut dire qu'elle a du mal à se dépêtrer de ce bordel, m'assène-t-il sans prévenir.

Un peu abattu, je tente de garder une certaine sérénité et assume totalement les raisons de ma venue à l'Union Locale, en poussant le bouchon jusqu'à lui demander des infos sur l'entreprise Showocean d'Hossegor.

Ruben fait un sourire en biais et me renvoie aux vingt-deux en me rappelant que ni l'Union Locale ni le tribunal des Prud'hommes de Bayonne ne s'occupent des entreprises des Landes et m'invite à voir ça avec nos camarades de Dax.

Il ajoute cependant qu'il serait heureux de partager à nouveau un verre avec moi, sans qu'il y ait forcément un prétexte syndical ou autre. Il a bien appuyé sa voix sur le mot « autre ».

Depuis que je suis à fond dans l'activité internationale de mon syndicat, je n'ai pas pris le temps de retourner voir mes camarades de Bayonne. Je sais que ce n'est pas bon, car cela donne le sentiment que je ne suis plus en contact avec les salariés. S'ils savaient !

Sans perdre de temps, j'appelle l'Union Locale de Dax et tombe sur un élu prud'homal que je ne connais que de son prénom, Cyrille. Il m'indique qu'il a eu une affaire à traiter avec Showocean. Un salarié s'était plaint de n'avoir pas été payé pour ses heures supplémentaires. L'affaire n'est pas allée jusqu'aux prud'hommes, car l'employeur a préféré payer son dû au salarié avec même une petite rallonge. Cependant, mon interlocuteur me précise que le salarié en question a démissionné dans la semaine qui a suivi. Il soupçonne une pression du patron, mais comme le salarié ne s'en est pas plaint, il est difficile d'aller fouiller.

Me laissant attendre cinq minutes au téléphone, Cyrille est allé chercher le dossier et m'indique le nom de l'employeur, Stéphane Planque. « Un type à la corpulence et au regard impressionnants mais très poli et ouvert à la discussion » me précise-t-il avant d'ajouter : « cela ne veut pas dire qu'il est cool avec ses salariés, tu le sais bien ! »

Alors qu'on échangeait les salutations d'usage avant de raccrocher, il m'invite soudain à rester à l'écoute. Dans son dossier, apparaît une information qui selon lui devrait m'intéresser. Je ne vois pas comment il peut savoir cela quand en effet il m'informe que le salarié en question a signalé plusieurs déplacements de son patron à l'étranger et notamment au Bangladesh sans pouvoir en préciser la raison.

Je me fais confirmer qu'il s'agit d'une entreprise qui organise des évènements liés aux compétitions de surf et partage avec Cyrille, ma surprise d'y noter des déplacements au Bangladesh.

J'y vois immédiatement un rapport avec les marques de textile du surf qui font fabriquer dans les usines de Dhaka. Mais je ne vois pas quel rôle peut jouer cette entreprise auprès de ces marques.

Fort de ces éléments, je m'empresse d'appeler Agnès et lui laisse un message sur le répondeur. Pour m'assurer que ces infos lui parviendront à temps, j'appelle la PJ et tombe sur Beñat, le collègue d'Agnès. Je me suis un moment demandé s'il n'y avait pas quelque chose de plus que de l'amitié entre elle et lui. Ce n'était en fait qu'un réflexe macho. Genre, un mec ne peut pas être simplement ami avec une femme. Je me soigne, mais j'ai encore quelques restes d'une éducation autant parentale que sociale qui refont parfois surface. Ce qui me fait penser que le problème de l'égalité et des droits des femmes est d'abord le problème des hommes eux-mêmes. Ils doivent chaque jour, à chaque seconde, progresser et chasser ces relents d'éducation sexiste qui les taraudent. Nous nous sentirons plus libres, plus forts, plus hommes même quand nous nous considérerons les égaux des femmes.

Bref, Beñat m'a très gentiment remercié pour ces infos qui selon lui devraient faire avancer l'enquête. Ce qui pour moi représenterait une double satisfaction : celle d'avoir participé à résoudre le problème dont tout le monde parle en ce moment mais surtout, celle de retrouver au plus vite Agnès et lui poser à nouveau la question d'une vie commune.

30

Les verres d'eau ont les mêmes passions que les océans.
Victor Hugo.

Ses nerfs sont à rude épreuve. C'est une vraie course contre la montre. Ce n'est pas pour lui déplaire non plus, mais l'enjeu est trop important pour y prendre un quelconque plaisir. La maîtrise des évènements et du temps ne peut être possible qu'avec un réseau d'informateurs. Des gens qui sont au bon endroit, au bon moment, avec les bonnes informations. C'est ce que Stif a mis en place pendant des années, autant pour son business que pour protéger ses arrières. Là il s'agit de sauver les deux. Donc tous les radars sont en éveil. Les deux petits branleurs de Marbella font leur boulot. Il faut espérer qu'ils ne seront pas assez cons pour se laisser endormir par les flics et en particulier cette capitaine de la PJ. Il a eu des infos sur elle, il connaît son passé, ses relations intimes. Ça peut servir.

Son mobile vibre. Un texto. « Le syndicaliste fouille où il ne faut pas ». Stif répond : « Jusqu'où ? » « Jusqu'à Dhaka. Bouge ton cul. » répond le texto.

La tension monte. Stif n'est plus du genre à paniquer. Il prend les problèmes les uns après les autres avec beaucoup de méthode. Ce qu'il n'a pas apprécié dans ce dernier texto, c'est le « Bouge ton cul ». Personne ne s'était adressé à lui comme ça depuis longtemps. Mais les problèmes sont à régler par ordre de priorité. Ces mots, même s'ils sont agaçants, ne sont pas prioritaires, le syndicaliste et sa femme flic oui. À eux deux, ils peuvent tout compromettre, seuls ils n'y parviendront pas. Stif doit faire un choix. En général il prend le moins risqué. En général.

31

Qu'est-ce donc que toute notre tendresse ?
Rien. Qu'une petite vague qui racle sur la terre et s'en retourne à la haute mer.
Léon Paul Fargues – *Poèmes.*

Il gare la voiture volée sur un emplacement du petit parking de la plage Marbella à Biarritz. Un coup de chance de trouver une place. En se dirigeant vers la cabane abritant un snack-bar, il passe devant un tag immense indiquant « RESPECT LOCALS », de quoi lui donner de nouvelles envies de meurtre. Mais il garde son objectif en tête et entre sur la terrasse du bar étrangement déserte. Il remarque alors que des panneaux de bois affichent de nombreux bouts de papiers où on peut y voir des dessins, des mots, des poèmes. Ils font tous référence à Lolo que Jeff a connu comme la patronne des lieux. Il découvre qu'elle est décédée et que les habitués lui rendent un hommage. Elle était une dame connue et respectée dans le monde du surf. Jeff en avait souvent entendu parler.

Il jette un œil en contrebas de la falaise pour y admirer les vagues et les surfeurs qui évoluent, à nouveau attiré par les vagues. Il repère un très jeune surfeur qui devrait être à l'école et se souvient d'un de ses potes qui utilisait le moindre temps libre pour aller surfer. Un prof absent et les jeunes d'ici prennent leur planche, enfilent la combi et foncent directement à l'eau dès que les conditions le permettent. Le jeune surfer est reconnaissable dans une classe à son regard tourné vers la fenêtre d'où il explore le ciel, imagine le vent, rêve de vagues longues, de sensations, et s'évade du cours qui l'oblige à rester le cul posé derrière un bureau.

Même si la marée ne convient pas ou si les vagues sont trop fortes, ces jeunes viennent observer l'océan et se nourrir de ce spectacle, de cette force, et s'emplir les poumons de l'air iodé, frustrés de ne pouvoir surfer mais chaque fois fascinés par cette nature.

Il doit se faire une raison. Sa dernière session était celle de la Digue. Il est maintenant engagé dans une voie de non-retour. Ses récents « exploits » sont autant de vagues qui le submergent et qui l'empêcheront de refaire surface un jour. Il est pourtant convaincu qu'il a un dernier acte à accomplir, avant que la surface de l'eau ne se referme.

Il se sent observé. Nul doute pour lui que ce sont des « locaux » méfiants, qui n'attendent qu'une chose, qu'il aille à l'eau pour l'emmerder. La haine monte en lui et d'un pas rapide, il se dirige vers ces deux hommes appuyés sur la rambarde en bois de l'école de surf. Ils sont surpris de le voir arriver aussi vite et Jeff profite de cet étonnement pour en coller un contre le mur et lui placer la lame de son poignard contre la pomme d'Adam. Le type, un beau brun aux cheveux longs, lève les mains en l'air et se met à trembler pendant que l'autre gueule comme un veau.

— Ferme ta gueule et entre là-dedans, sinon je le saigne.

Le blond mèchu à la tête de branleur des beaux quartiers de Biarritz s'exécute. Il passe la porte du local, suivi par Jeff qui tient l'autre surfeur devant lui, la lame toujours collée à sa gorge.

— Vous avez vu Stif?

— Stif? Connais pas répond le blondinet.

Jeff sait que Stif est un habitué de ce spot de merde fortement soumis à un risque de pollution. Un tuyau provenant de la station d'épuration, un peu plus haut, descend la falaise pour s'enfoncer dans la plage. On peut faire confiance ou pas à l'entreprise qui la gère. C'est une question de point de vue. Quand on le sait, ça gâche un peu le plaisir et l'image du surf.

Jeff appuie sur la lame et un léger filet de sang fait son apparition. L'effet est immédiat. Le beau brun a senti le picotement et son pote à grande gueule a écarquillé des yeux plus qu'expressifs. C'est ce qui a déclenché les premiers mots du futur balafré.

— Dis-lui putain! Fais pas le con, dis-lui!

— Il est passé tout à l'heure et il nous a demandé si on n'avait pas croisé un type qui correspond à ton signalement, crache le blond pendant que son pote tremble de plus en plus, au risque de se faire une méchante coupure qui peut lui être fatale.

— Intéressant dit Jeff. Dites-lui que je le verrai à son bureau ce soir.

— Quand ce soir ? risque le branleur alors que le brun lui fait les gros yeux.

— Il m'attend, c'est tout.

Il pousse le pauvre mec en avant et menace les deux surfeurs de les planter s'ils avancent d'un pas. Face à la carrure de Jeff et à la détermination qu'il affiche, personne n'aurait l'idée de le contredire.

32

La montagne et l'eau finiront par se rencontrer.
Proverbe chinois.

Ses tripes se nouent. Ses muscles se tendent. Son cerveau s'éteint. Il ouvre la bouche. Il suffoque puis, du fin fond de ses entrailles monte un souffle. Un geyser puissant, incontrôlable, dont il sent la route directe. Une force inouïe enfouie en lui depuis longtemps. Une force qui s'est nourrie d'amour. Elle restait là, tapie, attendant son heure pour révéler sa puissance et sortir. C'est elle qui chatouille le ventre de l'enfant qui connaît ses premiers émois amoureux. C'est elle qui donne l'élan fou des jeunes adultes. C'est encore elle qui, parce qu'elle est là, à ronronner comme un feu dans un poêle à bois, fait durer cette chaude intimité entre deux êtres. Oui, c'est elle qui aujourd'hui décide de quitter ce corps brutalement. Elle ne sera plus utile ici. Il devra en fabriquer une autre. Ça prendra du temps. Certainement.

Le cri qui l'accompagne est puissant. Sa tête tournée vers le ciel. Rien à voir avec une croyance quelconque. Il faut ouvrir largement la voie pour que ce souffle et ce cri surgissent sans blesser. Réflexe de survie.

Sourd. Sensation de ne plus être. Bourdonnements incessants. Vertiges. La porte des toilettes. Fuir, s'isoler et vomir.

Les mots terribles reviennent « C'est fini. Nous n'avons rien pu faire »

Le cerveau est un salaud. À moins qu'il ne fasse ça pour nous protéger. Le cerveau nous fait croire quelques secondes qu'il ne s'est rien passé, qu'on a rêvé. Puis soudain, il nous ramène à la réalité et le corps réagit violemment. Très violemment.

Marco s'effondre sur une chaise, il s'abandonne quelques secondes puis se relève. Il doit vérifier. Il sait que c'est idiot mais il doit le faire. Il revient et se plante devant le toubib. Le visage livide, il parle d'une voix claire et déterminée qui surprend le chirurgien.

— Je veux la voir.

— Nous la préparons.

— Je veux la voir tout de suite !

— Je vous le déconseille... Vous devez patienter quelques...

— Non ! Tout de suite !

Marco sent la douleur aux tripes. Il doit faire quelque chose pour ne pas devenir fou. Il doit se concentrer sur un objectif. Il veut voir sa femme, sa chérie, son amour, sa Sonia, celle qui fait partie de lui. Il a besoin de recoller ce morceau qu'on lui enlève. Il veut au moins essayer.

Le toubib ouvre une porte et parle à voix basse à une infirmière. Celle-ci prend le relais, elle invite Marco à la suivre. Il y va sans réfléchir. Il tente de se concentrer sur l'image de Sonia. Il a peur qu'elle lui échappe. Des centaines de visions défilent et il n'arrive pas à les arrêter ni à en choisir une pour la garder. Il marche comme par réflexe et suit la blouse bleu clair devant lui, comme on suit une lumière à laquelle on s'accroche. Son corps chancelle, penche dangereusement en avant, entraînant des jambes qui flageolent.

L'infirmière ouvre une autre porte et il entend « il est là » puis « son mari ».

— Venez monsieur lui dit-elle enfin, dans une voix aux accents solennels.

Marco ne sait pas s'il va aller jusqu'au bout. Il a si peur de cette vérité qui va lui sauter à la figure qu'il n'ose pas franchir le pas de la porte. Elle se refermera derrière lui et il se retrouvera face à son avenir d'homme abandonné, de famille brisée, d'enfants en pleurs, de projets qui s'écroulent. Pourquoi faire face à ça ? Parce qu'il le faut. C'est le passage obligé. Celui du présent d'habitude évanescent. Celui auquel on ne prête que peu d'attention. Celui qui dure une fraction de seconde va maintenant durer une éternité. Un long tunnel entre le passé et l'avenir. Un tunnel sinistre qui traverse les ténèbres de la mort et les monstres de la pensée. Un tunnel dont Marco n'envisage pas le bout. Comment le pourrait-il ? Ses seuls guides seront ses filles. Elles seules pourront le sauver, lui qui devrait les protéger.

Sonia est là, sous un drap blanc qui épouse les formes de son corps. Il la sait nue et morte. Mélange morbide de chaleur et de froid. Marco s'approche lentement. Ses lèvres tremblent, son visage s'écroule comme une pâte molle. Ses dents claquent et son nez coule. Son corps sent la proximité de la mort, il prévient et s'y prépare. Puis il fait jaillir des larmes, toutes celles qu'il peut. Il a ouvert les vannes et nettoie l'âme. Il aide au contact et fait tomber les barrières. Le vide et le plein se côtoient, le rien et le tout se rapprochent.

Marco se penche, touche les cheveux de Sonia puis lentement pose un baiser sur sa bouche déjà froide. L'infirmière lui passe une main dans le dos et l'accompagne avec des mots d'une douceur extrême.

— Prenez votre temps monsieur. Je suis là juste à côté, je vous attends.

Réconfortant dans un monde où le superficiel est considéré comme essentiel. Le monde à l'envers. L'essentiel est là, en ce moment même. Marco le sent. C'est ici que tout bascule.

33

Il est plus facile de nager dans l'eau sale que dans l'eau propre.
Francis Picabia – *Littérature.* Novembre 1922.

Deux types aux visages tuméfiés sont assis dans le hall, une femme complètement ivre tient des propos incohérents alors que l'agent à l'accueil lui demande de se taire. La soirée du samedi n'a pas encore commencé que les cassés de la vie atterrissent au commissariat. Agnès vient d'apprendre la mort de Sonia et a fondu en larmes dans son bureau. Choquée par cette annonce, elle ne sait combien de temps elle est restée prostrée sur sa chaise.

Consciente que Marco ne s'en remettra pas, elle craint sa réaction et s'oblige à réagir au plus vite. Elle doit savoir où il est et ce qu'il fait. Tant pis, elle l'appelle.

— Marco, j'ai appris… Toutes mes condoléances. Si tu as besoin de quoi que ce soit…

— Trouve le pourri qui a fait ça, Agnès, trouve-le. Moi je n'ai plus la force…

— C'est ce que nous tentons de faire depuis hier Marco et je dois bien l'avouer, nous n'avons pas beaucoup de pistes. Je sais que ce n'est pas le moment mais si tu as quelques infos, je prends.

— Non Agnès, je n'ai rien. C'est tous des enfoirés. Ils se serrent les coudes. Les mecs de la digue, tous. Il faut les faire cracher Agnès.

— Dis-moi tout ce que tu sais Marco.

Agnès n'est pas à l'aise. Le moment n'est pas bien choisi mais elle imagine qu'elle n'aura pas d'autre occasion de poser ce type de question à Marco.

— Pas grand-chose. Le patron du Barrel n'est pas net. J'en ai assez Agnès. De toute manière, ça ne me rendra pas Sonia.

Au bout du fil, Marco s'effondre en larmes. Agnès sent une boule monter dans sa gorge. Elle ne sait plus quoi dire. Un long silence s'installe et Marco raccroche sans un mot. Agnès n'a rien de nouveau. Elle se dirige vers la sortie du commissariat, prendre l'air et tenter de trouver une solution. Elle croise deux jeunes qui entrent encadrés de deux de ses collègues. Un des deux saigne à la gorge. Encore un apéro qui a mal tourné pense-t-elle. Elle les entend s'adresser à un des flics et dire qu'ils pensent avoir rencontré Jean-François Labat. Le collègue répond avec agacement que c'est bien tenté mais que ça ne les empêchera pas d'écoper d'une amende pour avoir roulé à deux sans casque sur un scooter et en possession de deux boulettes de shit. Agnès se précipite vers eux en demandant au flic de les lui laisser et les pousse gentiment jusqu'à son bureau. Dans les couloirs, elle se présente et leur indique qu'elle est en charge de l'affaire qui concerne Jean-François Labat. Un beau brun affiche un visage inquiet, peut-être même terrorisé. L'autre fait le mariole, il sourit mais Agnès sait qu'il n'en mène pas large pour autant.

— C'est des conneries commence ce dernier, mon pote a dit ça pour qu'on nous lâche.

— C'est une bonne idée, répond Agnès, un sourire en coin. Qui vous a fait ça? demande-t-elle en montrant le cou du beau brun.

— Un fou furieux.

— Tu parles! dit le mariole tout excité, un pauvre type défoncé!

— Et pourquoi vous a-t-il fait ça?

— Il cherchait un type, répond le blessé.

Le blondinet lui fait les gros yeux et le coupe.

— On ne sait pas qui, affirme-t-il.

— Vous ne savez pas qui il cherchait?

— Il cherchait Stif, lâche le brun décidé à parler.

— C'est qui Stif! Demande Agnès sur un ton menaçant qui appelle une réponse immédiate.

— Heu… C'est un… Enfin c'est le patron d'une boîte qui… hésite le blond comme un gosse qui se fait engueuler.

— Bon, vous crachez le truc ou je vous colle en garde à vue pour trois jours avec au cul possession de stupéfiant, trouble à l'ordre public et tout le reste!

— C'est le patron d'une entreprise qui organise les compètes de surf.

— Showocean?

— C'est ça!

« Bingo » pense Agnès. Elle fouille dans ses documents, soulève les feuilles, se dépêche, elle tient quelque chose.

— Son nom ça serait pas… Voyons, où l'ai-je foutu ? Stéphane Planque ?

— Peut-être bien… on ne connaît que son surnom, Stif. Il passe parfois à Marbella, notre spot, et il sponsorise le club de surf.

— OK. Et il ressemble à qui le fou furieux ?

— Bah, au mec qui passe en boucle à la télé.

— Vous voulez parler de Jean-François Labat ? Celui qu'on recherche actuellement. Vous êtes formel ?

— Oui. Répond le blond. On sait qui c'est. C'est le Gobie.

Le blondinet ricane. Il a l'air un peu stone.

— Qu'est-ce qui vous fait rire ? Demande Agnès

— C'est le Gobie. On n'y croit pas à toute cette histoire. Il serait recherché par les keufs ? C'est une *fake-news* !

— Pourquoi ça ?

— Beh, poursuit-il les paupières mi-closes, il s'est fait « tèje » par ses potes de la Digue. C'est des oufs là-bas. Ils s'allument entre locaux. Au moins, nous, on est solidaires. Des nazes, termine-t-il en regardant le sol et remuant la tête.

Agnès cache sa surprise. Ces jeunes lui en ont plus appris en quelques minutes que toute son enquête depuis le début.

— Pourquoi Labat cherche-t-il à voir ce monsieur Planque selon vous ?

— Monsieur Planque ? demande le brun.

— Oui ce fameux Stif, le patron de Showocean.

— On lui a aussi posé la question, fait le blond. Mais bon, il n'avait pas l'air de vouloir nous donner des explications puis, vu son air menaçant, on n'a pas insisté non plus, si tu vois... Heu... si vous voyez ce que je veux dire. Je crois qu'ils ont rendez-vous ce soir...

— Où ça? demande Agnès agacée.

— Au bureau de Stif à Hossegor.

— Bien ! Vous restez là pour l'instant. Quelqu'un va prendre vos dépositions. Attendez dans le couloir, il y a des chaises.

Agnès ouvre le bureau des officiers.

— Où est Beñat ?

Lilian lève les épaules.

— Personne ne l'a vu cet après-midi ? insiste-t-elle.

— Il a reçu une info importante et est parti voir un témoin... Répond un autre officier.

— C'était quoi cette info ?

L'officier fait un « Pop » avec les lèvres montrant qu'il n'en a aucune idée, ce qui agace particulièrement Agnès, si attachée au partage des informations.

— Lilian, vous prenez la déposition des deux jeunes surfeurs qui sont dans le couloir et vous me les gardez au chaud jusqu'à nouvel ordre.

— Je les mets en GAV ? demande Lilian.

— Non, vous les faites patienter quelques heures, je vous fais un dessin ? répond Agnès, les yeux gros et l'air agacé.

— Vous Christian, vous venez avec moi. Dit-elle sèchement. Patrick il est où ?

— Le collège a appelé, son gosse s'est foutu la cheville en l'air en sport. Il doit être avec lui à l'hosto.

— Merde ! Remerde ! Ça tombe mal. Bon Lilian, vous venez avec nous.

— Et les jeunes ?

— Je vais trouver quelqu'un pour s'en occuper.

— Et où va-t-on capitaine ?

— À Hossegor ! Vous avez d'autres questions Lilian ? Parce qu'on peut continuer comme ça longtemps !

— Ce n'est pas notre secteur, lance Christian. Faudrait prévenir les pandores. En plus, c'est la super-méga braderie.

Agnès n'écoute qu'à moitié, l'oreille collée à son téléphone, étonnée par le message de Laurent.

— J'appellerai le patron en route, il se chargera des gendarmes et de trouver quelqu'un pour les dépositions. Et s'il y a encore du monde là-bas c'est tant mieux, on sera plus discrets. Prenez quand même vos armes.

Agnès vérifie que la sienne est toujours dans son sac et fonce jusqu'au parking. Elle lance les clefs à Lilian pour qu'il conduise et donne quelques consignes.

— Sans tambours ni trompettes, compris ? Christian, vous appelez Beñat et vous lui dites qu'on est en route vers Hossegor. Moi j'appelle le patron. On le tient les gars, on le tient !

34

Bientôt tu cesseras d'être un Robinson Crusoé, prisonnier d'un îlot de nuit cerné par un océan de mort.
Richard Matheson – *Je suis une légende.*

Un type grand et costaud s'approche de moi et me demande l'heure alors que j'allais entrer dans ma voiture au deuxième étage du parking de la gare de Bayonne. Je regarde ma montre quand je vois son bras s'abattre sur moi. Par réflexe je me baisse et le type se fracasse l'avant-bras sur le bord haut de la portière. Il pousse un cri de douleur suivi d'un « enculé! ». J'en profite pour entrer dans ma voiture, verrouiller les portes et entrer la clé dans le démarreur avec beaucoup de fébrilité. Le type cogne sur la bagnole alors que je recule faisant crisser les pneus sur le sol lisse du parking. Il sort une arme et tire à deux reprises, brisant la lunette arrière. La peur me fait accélérer, je frôle les autres voitures en stationnement et accroche un pare-chocs, je frotte le mur de la descente en colimaçon et fonce sans regarder où est passé le type. Arrivé au rez-de-chaussée, je casse la barrière de sortie qui déclenche une alarme et manque de taper dans un véhicule qui arrivait sur ma gauche. Le pied au plancher, je file vers Boucau et Tarnos sans savoir pourquoi puis je bifurque vers Anglet après avoir traversé l'Adour par le pont rouge. La peur au ventre, je m'arrête devant la CPAM et m'assure que personne ne m'a suivi.

Tremblant, je prends mon téléphone portable pour appeler Agnès et lui faire part de l'agression que je viens de subir.

Un numéro en 0880 s'affiche sur mon téléphone. Je pense d'abord à un de ces numéros de centre d'appels que je m'apprête à envoyer balader sans formalités d'usage lorsque je réalise qu'il s'agit de l'indicatif du Bangladesh. Rafi est au bout du fil. En allant droit au but, il dit que le gars aperçu lors de l'échange par Skype est connu des militants. En particulier des femmes que Laurent a rencontrées à Dhaka. Elles disent qu'il est venu accompagner un représentant des marques de surf. Le but de leur visite était de faire un odieux chantage à l'emploi. Laurent se souvient d'en avoir déjà parlé avec elles. Rafi précise que le type en question était toujours dans l'ombre. Elles n'ont jamais entendu le son de sa voix. Il restait planté derrière celui qui parlait, un autre type grand et solide aussi. Elles l'ont remarqué à son air inquiétant. Il représentait en quelque sorte la mise à exécution de menaces à peine voilées.

Je sais que c'est monnaie courante car j'ai pu le vivre en direct. Outre les menaces de délocalisation vers des pays plus pauvres encore, de la part d'envoyés « spéciaux » des grandes marques de textile d'Europe ou des États-Unis, existent aussi celles qui viennent de l'intérieur, portées par des nervis à la solde des employeurs du textile, voire du gouvernement. Des policiers, dont les rémunérations sont particulièrement faibles, trouvent là le moyen d'arrondir les fins de mois. C'est ce qui est arrivé à un des militants rencontrés, mais c'est aussi ce qui a failli m'arriver là-bas. D'abord un coup de fil m'est parvenu à l'hôtel m'intimant l'ordre en anglais de quitter le pays au plus vite. Dès le lendemain soir, des gens ont tenté de m'enlever. Pour Rafi, mais aussi pour la confédération en France, il ne fallait pas courir de risque. J'ai dû insister pour rester encore une journée, le temps de rencontrer ces ouvrières du textile, puis j'ai été emmené rapidement vers l'aéroport sous bonne escorte de Rafi et de deux autres militants particulièrement sur leurs gardes.

Je remercie Rafi et rappelle immédiatement Agnès. Je tombe systématiquement sur le répondeur.

Je dois faire quelque chose. Il y a un rapport entre ce que je viens de vivre, ce qui s'est passé au Bangladesh et l'affaire sur laquelle travaille Agnès. Comment le lui faire savoir ?

J'appelle la PJ. Un inconnu me dit qu'ils sont tous partis à Hossegor. Je fais le lien avec la boîte Showocean. Je recherche l'adresse puis je l'entre sur le GPS de mon téléphone. C'est décidé, je vais là-bas tenter d'informer Agnès.

En route, elle me rappelle et sans me demander de mes nouvelles, elle va droit au but.

— Le type qui t'a agressé c'est Labat ?

— Non, c'est un type grand et costaud mais pas Labat.

— Qui cela peut-il être ? Un complice de Labat ?

— Possible, mais pourquoi s'en prend-il à moi ?

— C'est quoi cette histoire au Bangladesh ?

Agnès me répond par une question et reprend la main.

— Apparemment, ton tueur en série bosse pour les marques qui l'utilisent pour faire pression sur les salariés et leurs représentants syndicaux. Tu vois le genre de pressions ?

— Oui tout à fait. Sa boîte et celle pour laquelle il travaille, Showocean, ne seraient que des couvertures pour en fait accompagner les représentants des grandes marques dans leurs déplacements auprès des usines de fabrication et jouer les gros bras dans les négociations ?

— Ce n'est pas qu'une couverture puisque Showocean organise réellement les évènements sportifs autour de la glisse. D'après mes recherches, ils ont le quasi-monopole de l'organisation des compétitions en France et sont de mieux en mieux placés à l'étranger.

— Pas étonnant s'ils rendent d'autres services aux marques qui sponsorisent les compétitions. Je ne me trompe pas Laurent, les compétitions sont bien toutes sponsorisées par des marques ?

— Oui, toutes.

— Nous sommes en route vers Hossegor où le patron de Showocean et notre tueur en cavale devraient se rencontrer. J'espère bien le coincer.

— Je suis moi aussi en route pour te rejoindre.

— Je te le déconseille vivement.

— Zut, la communication ne passe plus, je te rappellerai.

Alors que je regarde dans le rétro pour m'engager sur la nationale 10 au rond-point de Garros à Tarnos, un scooter me frôle à vive allure. Je reconnais Marco, fonçant tête baissée. J'accélère et me mets à sa poursuite. Je garde mes distances en traversant Ondres et Labenne. Au rond-point, Marco prend la direction de Capbreton. Je suis persuadé qu'il va aussi à Hossegor.

35

On finit par oublier les détails de notre vie qui nous gênent ou qui sont trop douloureux.
Il suffit de faire la planche et de se laisser doucement flotter sur les eaux profondes, en fermant les yeux.
Pour que tu ne te perdes pas dans le quartier de Patrick Modiano.

— Ben ouais, je t'ai niqué pauvre enculé. Tu pensais me baiser avant les flics c'est raté. On va les attendre ensemble.

— Qui te dit qu'ils vont venir ? tente Stif.

— Mon petit doigt. Et peut-être aussi deux jeunes cons de Marbella, ton spot fétiche.

— Fais pas le con Jeff. C'est toi qu'ils cherchent, c'est pas moi.

— C'est bien ça le problème tu vois. Parce qu'ils pensent que je suis un dingue solitaire, mais il n'est pas question que je porte toute cette merde tout seul. D'ailleurs, j'ai vu dans le journal qu'on m'attribue la mort de cette nana que j'avais entamée certes, mais que quelqu'un a fini. Ça te ressemble bien comme boulot merdique. Tu as perdu la main Stif?

— Allons Jeff, dit Stif en levant les bras, dont un présente une ecchymose importante, on peut discuter. Si on la joue bien, je peux te trouver un coin peinard du côté des Philippines où tu pourras te planquer.

— Ne me prends pas pour un con. J'en sais trop. Que je sois ici ou ailleurs, j'en saurai toujours trop. Je me suis fait une raison. Depuis hier, j'ai multiplié les conneries, mais c'était plus des obligations que des choix. Par contre toi, tu as fait des choix et tu vas devoir les assumer.

— Ferme-la Jeff. Je ne paierai pour rien. Tu le sais, j'ai des connaissances et un boulot des plus honnêtes. Je n'ai rien fait de mal. Tu te trompes Jeff. Ils ne croiront jamais un assassin, un tueur en série, le pauvre type que tu es.

— Ferme ta gueule et assieds-toi ici!

Jeff, son poignard dans une main, un flingue dans l'autre, indique une chaise du bureau. Il se sait plus costaud que Stif, même s'ils ont le même gabarit. Un jour, ils ont eu un accrochage, suite à une soirée orgiaque où ils avaient tous les deux abusé de la coke, du shit et de la vodka. Une embrouille autour d'une nana que Jeff avait baisée avant Stif. Il avait à ce moment-là pris conscience de sa place et de son rang. Stif était le chef. Il se « réservait » des nanas parmi toutes les minettes défoncées qui débarquaient dans les fêtes d'après compètes. Bref, des gars ont dû les séparer quand Jeff était en train d'exploser la tête de Stif contre l'asphalte. Ce dernier s'est contenté de lui retirer une mission mais n'a pas pu faire plus. Jeff sait trop de choses. Après lui avoir attaché les mains et les pieds à une chaise, il jette le flingue dans un porte-parapluies, pressé de se débarrasser de cette arme.

— Bon. Tu ne bouges pas. Même pas une oreille.

Un téléphone trône sur le bureau. Jeff s'en saisit.

— Arrête tes conneries putain ! T'es un grand malade merde !

Stif commence à paniquer, Jeff ricane. Il a toujours été un grand malade aux yeux des autres.

— C'est pas pour ça que tu m'as embauché ? C'est pas pour ça que tu m'as obligé à devenir auto-entrepreneur ? Pour pas qu'on voit que le « grand malade » comme tu dis, bosse pour toi et tes magouilles ? Le « grand malade » il en a rendu des services, n'est-ce pas ? Il en a fait des saloperies. Il a mis les mains dans le cambouis le « Grand malade ». Alors TU FERMES TA GUEULE !!

Jeff hurle. Il en a la bave aux commissures des lèvres. Il serre tellement fort le combiné de téléphone, que ses doigts ont blanchi. Stif ne l'a pas vu arriver, lui qui pensait le coincer dès son entrée. Il avait prévu de le menacer avec un calibre puis attendre son équipe. Mais Jeff est arrivé dans son dos, lui a placé la lame sous le menton comme il sait si bien le faire, et a récupéré son arme.

Stif craint le pire. Ce type est dingue. Il est prêt à tout. Son truc ce n'est pas les armes à feu. Ce n'est pas le meurtre, c'est plutôt la menace, le sadisme, la torture. Il sait faire mal, de plus en plus mal jusqu'à ce qu'il obtienne satisfaction. Stif voudrait prévenir ses gars qui sont en route car il risque d'y avoir du grabuge. Surtout si les flics s'en mêlent. Il va encore essayer de parler. Parler c'est vivre, c'est gagner du temps sur la mort.

— Jeff écoute-moi. Laisse ce téléphone et écoute-moi. On a tous à perdre. Je te fais une nouvelle proposition. Je te file deux cents mille balles et tu pars où tu veux, tout de suite. Tu te casses. Moi, je m'occupe des flics.

— Oh… Ça, je sais! Tu sais bien t'en occuper. Mais tu n'as toujours pas compris pauvre con! C'est terminé. Je vais tout balancer, tout! Je vais leur dire quel était vraiment notre boulot ici à Showocean. Ah! Ils vont en découvrir des choses les flics et les journalistes! Les compètes truquées où tu m'envoies faire pression sur les juges. Hein? Ça va pas foutre le bordel ça? Qu'on apprenne que ce sont les marques qui te payent pour influencer le jury? Les stars et leurs sponsors vont en prendre un coup, non? T'en penses quoi?

— Je pense que personne ne t'écouteras parce que…

— Ta gueule, m'en fous! Quand la tune, les putes, les voyages n'arrivaient pas à convaincre quelque puriste récalcitrant et plein d'illusions sur ce sport, tu envoyais qui? Ma pomme. Tous, c'est moi qui les ai tous fait accepter ou démissionner. C'est moi qui les ai fait flipper, menacés, bousculés, violentés. Et pour le compte de qui putain? Pour le compte de qui?

Jeff est fou de rage, dans un état de violence extrême qu'il refreine pour se concentrer sur la suite de son plan. Il essuie sa bouche et reprend plus calmement.

— Je n'ai pas de remords, je me fous des syndicalistes niakoués que j'ai secoués au Bangladesh, en Inde ou ailleurs. Je n'ai pas de problème de conscience. J'ai juste un souci de dignité tu vois? La dignité putain. Je ne savais plus ce que c'était. On me l'a volée quand j'étais gosse et toi, espèce d'ordure, tu as continué à me prendre pour une merde. Tu t'es bien servi de moi connard. Tout ça pourquoi ? Pour que tes amis, les locaux de la digue et d'ailleurs m'insultent à leur tour, me menacent, sans que tu ne lèves le petit doigt, sans que tu ne prennes ma défense. Moi qui t'ai rendu tant de services ! Et tu oses aujourd'hui, parce que tu es dans une belle merde, me proposer un arrangement. Va te faire foutre Stif, va te faire foutre !

Il saisit le téléphone, tape le 17 et tombe sur la gendarmerie.

— Bonsoir. Je suis Jean-François Labat, l'homme qui a tué Benoît Sartano, agressé une femme, tué un vieux en Espagne puis une femme à la frontière. Je suis dans les bureaux de l'entreprise Showocean, dans la zone artisanale d'Hossegor et je tiens son patron en otage. J'ai des révélations à faire. Faites venir la presse.

Puis il raccroche.

— Voilà mec. Tout ça c'est bientôt fini. On va passer à la télé et je te promets qu'ils n'auront jamais vu ça en direct !

36

Tel est l'animal humain : le monde se renverse sous ses yeux et, après un moment de stupeur, il reprend le cours de sa vie comme si de rien n'était.
La surface des eaux se referme toujours.
Bernard Quiriny – *Le village évanoui.*

Son champ de vision est réduit, sa vue est floue, son cerveau est quasiment éteint, désormais plus rien ne compte sinon la route devant lui.

Le moteur du scooter est à son maximum et Marco enchaîne les courbes et les giratoires. Il ralentit à peine sur les stops, double et zigzague entre les voitures, risque plusieurs fois de glisser ou d'accrocher un rétro. Il a remarqué cette voiture grise qui le suit mais il s'en fout. Plus rien ne compte.

Ses yeux, rougis derrière la visière du casque, ne fixent que le marquage au sol. Comme une ligne de vie à laquelle il s'accroche tant qu'elle est là. Le visage de Sonia apparaît dans son esprit, le cri de sa belle–mère et ses pleurs lorsqu'il lui a annoncé la terrible nouvelle.

Marco se sent plongé dans un tourbillon indescriptible où toutes les émotions, tous les sentiments, tous les souvenirs anciens et récents, toutes les joies et les peines se mêlent et tournent à en donner le vertige.

Il a appris par un flic, alors qu'il tentait de joindre Agnès en se faisant passer pour Laurent, qu'elle était partie d'urgence à Hossegor. Il a même ajouté qu'elle est sur une piste sérieuse.

Sans réfléchir, sans élaborer le moindre plan, il a pris par réflexe son scooter, direction Hossegor. La machine Marco, pas celle qui cogite mais celle qui répond aux pulsions, s'est emballée. Il veut voir le type en face, lui faire sentir toute sa haine, lui montrer toute sa peine et sa colère.

La demi-heure qu'il lui faudra pour arriver sur place ne suffira pas à le faire redescendre. Il souffle fort entre ses dents et, de temps à autre, ouvre la bouche en grand pour prendre tout l'oxygène qui lui manque.

37

Les hommes ont tourné le dos à l'envoûtement des océans.

Luis Sepúlveda – *Le monde du bout du monde.*

Le véhicule entre dans la zone industrielle d'Hossegor. Les cartes de police montrées aux vigiles qui empêchent l'accès, ont fait ouvrir plusieurs barrières de sécurité. Il y a énormément de monde encore. Cependant, ils ont croisé de nombreuses voitures quittant la zone. La foule est trop dense, il va falloir continuer à pied. Agnès veut la jouer le plus discret possible. Elle peut toutefois compter sur Christian. Lilian est trop jeune pour ce genre d'exercice. Elle le laissera en retrait. Mais elle n'a toujours pas de nouvelles de Beñat.

Le patron est fébrile. Il a pris connaissance des dernières informations et a dit « Attention, sujet sensible, pas de conneries ». Agnès sait ce que cela veut dire. Elle a un passé lourd de ce point de vue. Cette enquête, qui a conduit une haute personnalité du gouvernement en taule lorsqu'elle était à Paris, la poursuivra toujours. Mais elle ne sait pas pourquoi ni comment, elle tombe toujours sur ce genre d'affaire qui implique des élus ou des entreprises qui ont pignon sur rue. Peut-être est-ce aussi parce qu'elle fouille un peu plus que d'autres. Mais c'est encore Laurent qui l'a mise sur cette piste. Qui est-il pour elle ? Une source, un amant, un homme épris de justice ? Les trois mon capitaine.

Le trio s'enfonce dans la foule. Des visiteurs font la queue devant les enseignes. Ces dernières ont monté des chapiteaux qui abritent des bacs remplis de vêtements et d'accessoires, des planches de surf y sont alignées, des combinaisons sur des cintres, des palmes, bref toute la panoplie du surfeur ou du frimeur à prix réduit. Les clients s'agglutinent autour des produits comme des abeilles. On se bouscule, on s'engueule même parce qu'on veut ce T-Shirt BallBang ou ce sac Roof. Des marques qui font l'identité de jeunes et de moins jeunes. Elles ont supplanté la culture locale, « le marché a gagné mémé » comme dirait un célèbre jazzman d'Uzeste en Gironde.

Agnès cherche un hangar du nom de Showocean. Elle ne cherche pas sur les panneaux de la braderie, ils n'ont aucun produit à vendre. Dans ce foutoir, elle va avoir du mal et demande à Christian de lui préciser l'adresse exacte. Il cherche sur son Smartphone et trouve un nom de rue. Après vérification c'est celle où ils se trouvent. Personne ne fait attention à eux. Ils avancent à pas pressé comme la plupart des clients à la recherche de la super-affaire.

Enfin, à l'angle d'un bâtiment apparaît une plaque de plexiglass très discrète affichant « Showocean-Créateur de vagues ». Une accroche qui selon Agnès mériterait une analyse. Au moment où elle place Lilian pour surveiller les alentours et qu'elle s'apprête à entrer avec Christian, une troupe de pandores débarque d'une manière particulièrement indiscrète, c'est-à-dire armes lourdes à la main, gilets pare-balles, casques, etc. Ils prennent possession des lieux. Agnès repère Alçuarena, un gendarme aux origines basques qui sévit dans les Landes. Elle lui montre sa plaque de police, se présente et s'aperçoit qu'il ne boude pas son plaisir de la rencontrer. Elle connaît sa réputation dans la police : « une belle femme qui n'a peur de rien » et se rend compte aux regards en coin du gendarme que cette réputation a dépassé la PJ de Bayonne. Avec un grand sourire, ce dernier explique qu'ils ont reçu un appel de Jean-François Labat indiquant qu'il est dans le local de cette entreprise et qu'il retient son patron. Il précise qu'il a demandé la presse, ce que la gendarmerie s'est bien gardée de faire. C'est alors qu'arrivent une journaliste de France 3 accompagnée d'un cameraman et le correspondant local de *Sud-Ouest* certainement sur les lieux pour couvrir « l'évènement commercial de l'année ».

Agnès prend le gendarme à part et lui glisse quelques mots à l'oreille.

— Lieutenant, mon patron est plus que réservé sur la publicité qui pourrait être faite autour de cette affaire, vous comprendrez donc que la plus grande discrétion s'impose.

Alçuarena profite de l'occasion pour s'approcher au plus près d'Agnès et lui parler à son tour,

— Chère capitaine, sachez que je ferai tout pour répondre à vos attentes, mais le preneur d'otage lui-même nous a indiqué vouloir faire des révélations à la Presse et elle est déjà là.

— Je vous propose de nous appuyer sur cette demande pour entrer en contact avec lui. Merci de sécuriser la zone. Je vais entrer dans le bâtiment avec un collègue afin d'établir le contact et de mieux visualiser les lieux afin d'intervenir.

— Ne pensez-vous pas Agnès, que le risque est trop grand ?

— Avons-nous d'autres choix pour l'instant ? Non. Je pense que le preneur d'otage refusera de négocier. C'est un impulsif, il nous l'a prouvé ces dernières heures. Nous n'avons donc pas une minute à perdre, mon cher…

— Yann, mon prénom c'est Yann. Dans ce cas, permettez-moi de vous équiper de nos meilleures protections et d'assurer vos arrières avec une équipe qui vous suivra d'assez prêt pour intervenir si besoin.

— Ça marche, conclut Agnès amusée par tant de galanterie dans un tel moment.

Alçuarena l'équipe, avec beaucoup de précautions et d'attention, d'un gilet pare-balles et d'un casque de protection équipé d'un micro, pendant que Christian se débrouille pour en trouver un. Deux gendarmes puissamment armés les accompagnent jusqu'à la porte.

38

Vous ne devez pas perdre espoir en l'Humanité. L'Humanité est un océan : même si quelques gouttes sont souillées, l'océan ne le devient pas.
Mahatma Gandhi.

Mieux qu'un hangar, c'est un vrai bâtiment dans lequel on accède par un dédale de couloirs desservant une série de bureaux. L'endroit est vide et sombre. Agnès et Christian cherchent désespérément un interrupteur. Dans un silence inquiétant, Agnès s'annonce. Personne ne répond. Suivie par son collègue, elle avance lentement, arme au poing et ouvre les portes les unes après les autres. Elle réitère son appel, toujours rien. Au fond d'un couloir sur la droite, apparaît enfin de la lumière sous une porte.

En se plaquant contre la cloison, elle crie à nouveau « police ». Christian ouvre la porte et pose un genou à terre, son Sig-Sauer tendu devant lui. Agnès pointe aussi son arme.

Labat, debout derrière un homme attaché sur une chaise, les fixe du regard. La lame de son poignard est placée sous la pomme d'Adam du type qui n'en mène pas large.

— Lâchez cette arme, demande Agnès

— J'ai des révélations à faire. Où sont les journalistes ?

— Vous ferez vos déclarations dans nos locaux, lâchez cette arme.

— Non. Je veux d'abord témoigner de ce que ce salaud m'a fait faire, de la vraie activité de cette boîte. Je veux vous le dire, je veux le dire à la presse. Où est-elle ?

— Dans ces conditions ce n'est pas possible Labat. Vous devez d'abord lâcher cette arme et vous éloigner de ce monsieur si vous voulez discuter.

— Ce monsieur ? Interroge Labat en riant sincèrement. Ce monsieur comme vous dites est la pire des ordures qu'ait porté la terre. Ce type que vous voulez protéger madame, est un salopard. Et je ne veux pas discuter, je veux parler à la presse. Faites-la venir.

— N'inversez pas les rôles, tente Agnès, l'arme toujours pointée sur Labat. Vous n'êtes pas en mesure de négocier quoi que ce soit.

Labat appuie un peu plus la lame sur la gorge de Stif. La blessure devient visible. Agnès est tendue.

— J'assume les meurtres mais pas le reste. Je ne veux pas tout endosser, il a sa part de responsabilité. Vous ne le connaissez pas. Normal, je fais le boulot à sa place. Et puis il a des appuis. Jusque chez vous.

— Ne m'obligez pas à faire usage de mon arme, crie Agnès qui veut absolument cueillir Labat en vie afin qu'il puisse témoigner.

Soudain, Beñat apparaît par le fond de la pièce. Labat tourne la tête vers lui.

— Tiens ! Te voilà toi ! Tu tombes bien j'allais…

Labat n'a pas eu le temps de finir sa phrase, Beñat lui a tiré une balle en pleine tête.

— Mais qu'est-ce que tu fous ? crie Agnès.

Beñat ne répond pas et détache Stif. Ce dernier court vers le porte-parapluies, récupère son arme, tire en direction des deux agents et blesse Christian. Agnès riposte mais l'homme s'est déjà enfui. Elle crie à Beñat de le poursuivre. Ce dernier ne bouge pas et pointe son arme sur Agnès.

— Descend-la ! crie Stif, qu'Agnès ne voit pas.

Beñat hésite. Agnès est terrorisée et ne comprend pas.

— Tu fais quoi là, Beñat ? Tu fais quoi, putain !

— Désolé Agnès, répond-il.

Les gendarmes sont entrés dans le bâtiment quand ils ont entendu le coup de feu. Ils se positionnent autour d'Agnès et prennent en charge Christian, blessé à l'épaule.

Beñat brandit sa plaque de police, jetant la confusion chez les pandores. Puis il recule jusqu'à la porte et disparaît. Agnès n'a pas pu faire le moindre geste, dire le moindre mot. Beñat, son lieutenant. Le seul à qui elle s'est confiée durant ces dernières années. Beñat… Elle ne comprend pas et essaie de se souvenir. Il avait toutes les informations, il a approché les surfeurs, elle a failli lui confier l'affaire. Les évènements des dernières heures se mettent en place. Elle entrevoit une réalité qui lui fait peur. Christian est parti entre deux gendarmes et Alçuarena vient d'arriver. Agnès donne un ordre. Un ordre à la gendarmerie ! Celui d'arrêter Beñat Urquia et Stéphane

Planque. Elle range son arme et se penche sur Jeff dont le sang coule abondamment. Elle prend le pouls à son cou et constate son décès en regardant sa montre comme un toubib l'aurait fait. 19 h 16.

Dans la foule, le Sig-Sauer au bout du bras, Beñat cherche le pick-up noir. Il entend les gendarmes lui crier de s'arrêter et profite de la panique créée.

— Putain de merde ! Les enculés ! crie-t-il pensant que ses complices l'ont abandonné.

Avec Stif, ils avaient échafaudé le plan sur la route. Ils devaient embarquer Jeff, le buter au beau milieu de la forêt landaise et l'enterrer profondément dans le sable. Un coup facile.

Le pick-up a du mal à se frayer un chemin dans cette masse de consommateurs agglutinés. D'un sprint, Beñat atteint le véhicule et saute dans la benne.

Les gendarmes ont fait les sommations d'usage mais ne peuvent faire feu au milieu de cette foule. Leur agitation a créé un vent de panique et les gens se mettent à courir dans tous les sens. Un véhicule de la gendarmerie démarre toutes sirènes hurlantes, ce qui ajoute à la confusion.

Agnès s'est précipitée dehors et n'a pu que constater son impossibilité à atteindre les fuyards. De retour dans les locaux de l'entreprise, elle aperçoit Duclos, son patron qui accourt vers elle.

— Ça va ?

— Oh oui patron ! Notre suspect numéro Un est mort tué par le seul flic en qui j'avais confiance et mon coéquipier a pris une balle. Sinon, ça va.

— Les gendarmes sont à leur poursuite. J'ai lancé également un avis de recherche et appelé la PTS. J'ai bien peur que l'on soit sur une grosse affaire Agnès.

— Ça, je le sais patron ! Mais notre témoin est mort.

— Beñat, où est-il ?

— Asseyez-vous patron, je vais vous expliquer.

— Vous m'inquiétez là Agnès… dit Duclos qui s'assoit en fronçant les sourcils.

39

Il lui fallut enjamber un ruisseau noir, une mare lâchée par la teinturerie, fumant et s'ouvrant un lit boueux dans la blancheur de la neige. C'était une eau couleur de ses pensées.
Émile Zola – *Les Rougon-Macquart, tome VII : l'Assommoir.*

J'ai du mal à suivre Marco, surtout dans les giratoires. Et, avec ce scooter, il passe partout. J'ai pu le suivre à distance jusque-là, mais c'est plus compliqué depuis qu'il a tourné à gauche vers Angresse. Les petites routes, les virages sont plus faciles à négocier avec un deux roues. D'ailleurs Marco ne s'encombre pas de la signalisation, il fonce et ne respecte aucun arrêt. Très penché dans les virages, il manque parfois de tomber quand la roue arrière chasse, ce qui me fait flipper. Mais il se rattrape dans un mouvement peu académique.

Je me demande bien ce qui lui passe par la tête. Je sais qu'il est capable du meilleur comme du pire. Un type entier qui est devenu un ami. Un vrai pote à qui je peux me confier.

Dans mes pensées, je le perds de vue un instant. Il s'est engagé à vive allure par la route de Capbreton, dans le village d'Angresse. La pluie s'est mise à tomber à grosses gouttes. D'un coup, elle lave la route et crée des ruissellements partout. Je l'aperçois maintenant qui prend un virage à gauche, très penché et j'accélère pour ne pas le perdre de vue. Je suis maintenant à une centaine de mètres du scooter. Marco ne ralentit presque pas pour entrer dans le rond-point. Un pick-up noir arrive à vive allure par la gauche le percutant de plein fouet. Je le vois, horrifié, voler dans les airs et disparaître de ma vue. Le véhicule sans contrôle monte sur le terre-plein du giratoire et s'écrase de l'autre côté contre le mur d'une maison.

Je freine brusquement, sort de ma voiture et fonce à la recherche de mon ami. Il gît à même le trottoir, ensanglanté. Je me penche sur lui, crie son nom et appelle au secours. J'entends des sirènes, celles de plusieurs véhicules de gendarmerie qui arrivent sur place.

À genoux, je cherche un signe de vie. Un souffle, un battement de cœur, un battement de cil, un tremblement. Rien. Assis sur le trottoir, je pose la tête de mon pote sur ma cuisse et lui caresse tendrement la joue. Je sais que c'est fini.

40

Le ciel est un océan suspendu. De temps à autre, il fond sur nous, lavant les collines et les maisons à l'eau de mer.

Frédéric Beigbeder – *Un roman français.*

L'information vient d'arriver. Agnès est accablée. Marco est mort devant les yeux de Laurent. Beñat a été éjecté du pick-up et tué sur le coup. Les deux autres sont blessés et conduits à l'hôpital. Peut-être aura-t-elle le fin mot de l'histoire.

Dans la voiture conduite par son patron, elle ne dit rien et Duclos respecte son silence. Ce type sait rester correct parfois.

Arrivée sur les lieux de l'accident, elle rejoint Laurent. Il est en pleurs. La nuit est tombée, les gyrophares éblouissent, les sirènes des ambulances cassent les tympans. L'eau de pluie ruisselle dans un mélange de sang et d'essence. Un vent de sud très doux se met à souffler. Elle enlace Laurent, pose un baiser sur sa joue et dit :

— Viens, on rentre à la maison.

41

Si le silex est la pierre de la guerre, le galet est celle de l'amour, polie par les eaux de la tendresse.
Damien Luce – *Cyrano de Boudou.*

Depuis plusieurs semaines nous cherchons notre sommeil. Face au choc, à l'horreur de ce que nous avons vécu, nous n'avons fait qu'un. Nous avons pleuré ensemble, nous nous sommes enlacés, rassurés, serrés très fort.

Depuis, les matins ont changé. Agnès prend son temps. Elle aurait dû se doucher et s'habiller en un temps record comme d'habitude, puis partir au boulot. Elle n'en a rien fait. Elle est là, assise en tailleur sur mon canapé, les yeux dans le vide, un mug de thé fumant entre ses mains, en vacances avec moi. « Repos sur ordre » avait dit le commissaire inquiet de la voir s'acharner à boucler cette enquête. « Vous avez fait du bon travail » n'avait pas suffi, « on va passer le relais à d'autres maintenant », encore moins. Elle est en vacances avec moi, mais je vois bien que, mentalement, elle n'a pas lâché le morceau. Ce qui l'intrigue, c'est de ne pas avoir la certitude que « les autres », comme la brigade financière et les douanes par exemple, vont aller jusqu'au bout. Elle a un doute qu'elle exprime de différentes manières. En coupant la télé quand les infos reviennent sur l'affaire, en faisant les cent pas dans mon salon, le téléphone à la main, prête à appeler son patron ou encore en évitant d'aborder le sujet avec moi. Je dois dire que je partage son inquiétude au regard de ce que j'ai pu constater lors de mes missions dans plusieurs pays du monde. Les multinationales continuent à faire du fric sur le dos d'enfants et d'adultes dans la misère en usant de méthodes illégales pour les maintenir dans un état de quasi-esclavagisme.

Je regarde Agnès en repensant aux mots qu'elle a prononcés lorsque j'étais effondré devant le corps inerte de mon pote Marco. « Viens, on rentre à la maison ». Je n'avais pas relevé sur le moment, trop choqué parce que je vivais, mais cette phrase a tourné dans ma tête si souvent, s'immisçant entre les pensées les plus négatives, comme une bouée de sauvetage.

Toujours est-il qu'elle a décidé de passer ses congés avec moi. Est-ce pour elle ? Pour moi ? Pour nous deux ? Pour tous les autres ? Je ne sais plus vraiment où j'en suis. Tout a été si violent, si dramatique, si surprenant. J'ai encore du mal à réaliser. Marco et Sonia ne sont plus là. Je pense à leurs enfants et je revois leurs yeux que l'innocence et la joie ont déjà quittés à l'annonce de la mort de leur mère. Je revois leurs grands-parents bouleversés et angoissés à l'idée de devoir expliquer ce drame à leurs petits-enfants. Comment dire à des gosses qu'ils ont perdu à jamais leurs deux parents ?

Le téléphone d'Agnès vibre, elle regarde de qui vient l'appel et ne répond pas. Il vibre à nouveau au bout de quelques secondes mais elle ne répond toujours pas. Je n'ose pas le lui faire remarquer tant j'ai le sentiment qu'elle craint de décrocher.

À la troisième tentative, elle se lève et décroche après plusieurs sonneries. Sans se présenter, sans dire le premier mot elle attend, le visage inexpressif.

— Ce n'est pas trop tôt, dit-elle, je commençais à désespérer !

Je suppose qu'elle a enfin une réponse sur les suites qui ont été données à l'affaire, mais elle n'a pas l'air plus satisfaite que cela.

— Non commissaire, je ne pense pas qu'il y ait une véritable volonté du Parquet, ni des politiques à aller vite et jusqu'au bout, reprend-elle.

Je détecte chez elle une soupape qui lâche, trop longtemps maintenue fermée pendant cette période de repos forcé.

— Vous avez raison, je n'appartiens ni à la Financière ni aux Douanes. Mais je suis flic et, avec l'aide de mon équipe et de Laurent Barneix, j'ai réussi à dénouer les nœuds pour que se déroule la pelote. Pas question de lâcher cette affaire, j'ai mon mot à dire !

À la prononciation de mon nom, j'ai quasiment sursauté avant de réaliser qu'elle m'avait en quelque sorte inclus dans son équipe, ou en tout cas parmi ceux qui ont permis de dénouer cette affaire.

— Labat, aux yeux de tous, c'était le coupable parfait, un pauvre type, un solitaire, avec une enfance difficile, qui a fini par péter les plombs. Mais vous et moi, on sait que ce n'est pas si simple. Je vous le dis à nouveau, je ne lâcherai pas. Pas question que cette enquête sur Showocean et ses ramifications avec les grands du textile, de l'industrie du surf tombe dans l'oubli, au prétexte que leur rôle à l'étranger ne nous concernerait pas. J'y veillerai, avec tous les moyens en mon pouvoir, commissaire ! Je me moque d'écorner l'image de la région ou des politiques qui soutiennent ces stratégies industrielles.

Elle se tourne vers moi, me tend le pouce et me fait un clin d'œil. Geste de complicité que je prends en pleine gueule, tellement je ne m'y attendais pas de sa part.

— Merci en tout cas de m'avoir appelé et à bientôt. Je compte sur vous, termine-t-elle avec un sourire.

Elle raccroche, me regarde droit dans les yeux, fait tomber sa chemise et file à la douche.

— Tu ne viens pas ? me dit-elle.

Alors que je me débarrasse de mon caleçon elle ajoute,

— Profitons de ces vacances pour discuter un peu de nous et décider si nous allons vivre à Bayonne ou à Biarritz.

Les mois à venir s'annoncent encore difficiles, mais je sais maintenant que nous serons deux pour les affronter. Pour autant, je ne suis pas sûr de gagner la partie entre Bayonne et Biarritz.

Remerciements

Merci à Krystel et à nos enfants pour me soutenir chaque jour. Spéciale dédicace à Fabienne pour son aide à l'écriture et à son mari Dominique pour ses conseils.
Un merci sans rancune aux surfeurs de Tarnos et d'ailleurs qui font vivre un sport magnifique, dont Cyril et Guilhem qui me font partager leurs sensations de surfeurs.
Merci à l'association Etique sur l'étiquette et à sa présidente pour les informations précieuses qu'elles m'ont fournies et à Mariannick de la CGT qui a su m'orienter et me donner des documents sur la réalité de vie des militants syndicaux au Bangladesh.
Merci enfin à Jean-Luc et Sylvie ainsi qu'à toute l'équipe des éditions Cairn pour leur patience et leur aide.

Dans la collection

1-Alarme en Béarn, Thomas Aden, 2013
2-Trou noir à Chantaco, Jacques Garay, 2013
3-Coup tordu à Sokoburu, Jacques Garay, 2013
4-Estocade sanglante, Jacques Garay, 2014
5-Ultime dédicace, Thomas Aden, 2014
6-Gaz in Marciac, G.D. Noguès, 2014
7-Notre père qui êtes odieux, Violaine Bérot, 2014
8-De la blanche sur le Somport, Claude Casteran, 2014
9-Les gens bons bâillonnés, Jean-Christophe Pinpin, 2014
10-Ville rose sang, Stéphane Furlan, 2014
11-Le 9 bordelais était chargé, Éric Becquet, 2015
12-Mourir à la San Fermín, Alejandro Pedregosa, 2015
13-L'assassin était en rouge et blanc, Poms, 2014
14-Requiem à Donibane, Jacques Garay, 2015
15-Abattez les grands arbres, Christophe Guillaumot, 2015
16-De chair et d'oubli, Karline Nivet & Pascal Suhard, 2015
17-Sans jeu ni maître, Stéphane Furlan, 2015
18-J'aurai ta Pau, Cesare Battisti, 2015
19-Balles perdues à Moliets, Maxbarteam, 2015
20-Un, deux, trois, sommeil!, Gilles Vincent, 2016
21-Pas d'orchidées pour Miss Armagnac, G.D. Noguès, 2016
22-Du pin et des larmes, Philippe Mediavilla, 2016
23-Estouffade à Guéthary, Jacques Garay, 2016
24-Coup de piolet, Juliette Manet, 2016
25-Palombes, tursan et sale ami, Maxbarteam, 2016
26-Nous n'irons plus au bois, Philippe Lescarret, 2016
27-Toutes taxes comprises, Patrick Nieto, 2016
28-Jeux de dames, Philippe Beutin, 2016
29-Le sang de la forêt, Serge Tachon, 2017
30-Mandrake ne peut pas mourir, Daniel Contel, 2017
31-Ras la coquille en Amikuze, Jacques Garay, 2017
32-Riquet m'a tuer, Yves Carchon, 2017
33-Galeux, Bruno Jacquin, 2017
34-Ça flingue sur la Grande Boucle, Maxbarteam, 2017

35-Chemin de croix, Poms, 2017
36-Y a plus d'enfants !, Jean-Jacques Cripia, 2017
37-Blanc sec et série noire, Philippe Lescarret, 2017
38-Sans homicides fixes, Thierry Benoît, 2017
39-Euskal barbecue, Aitor Behro, 2017
40-Implantés, Stéphane Furlan, 2017
41-Mauvaise passe pour le 10, Éric Becquet, 2017
42-Quand passent les chocards, Michel Brome-Tonne, 2017
43-Croix blanche sur fond blanc, Antoine Léger et G.D. Nogués, 2017
44-Éthique de l'assassin, Maxime Sanous, 2018
45-Sous les pavés la plage, Simone Gélin, 2018
46-L'œuf de la haine et de la vengeance, Pierre Olhagaray, 2018
47-Les douze sales polars, Collectif, 2018
48-Les vieux démons, Yves Carchon, 2018
49-Ils vont tous mourir, Raphaël Grangier, 2018
50-Noir Vézère, Gilles Vincent, 2018
51-Musique de chambre close, Serge Tachon, 2018
52-Superman ne volera plus, G.D. Nogués, 2018
53-Le cocu sort du nid, Maxbarteam, 2017
54-Le mort est dans le pré, Patrick Caujolle, 2018
55-Erreurs d'aiguillage, Philippe Beutin, 2018
56-L'affaire Jane de Boy, Simone Gélin, 2018
57-Léon et les jambons, Jacques Garay, 2018
58-Flic de papier, Guy Rechenmann, 2018
59-L'ombre des derniers Cathares, Alain Roumagnac, 2018
60-Funestes randonnées, Patrick Nieto, 2018

Mise en page et suivi de fabrication
Atelier Graphique Cairn
Achevé d'imprimer en septembre 2018 par GN Impressions
pour le compte des Éditions Cairn
14 rue des Bruyères - 64160 Morlaàs
Tél. : 05 59 27 45 61 Fax : 05 59 98 84 89
editions-cairn@wanadoo.fr - www.editions-cairn.fr
Dépôt légal : septembre 2018 (148959)